大鹏
与天空之约

白 凌◎著

弘扬社会主义核心价值观之诗歌表达
大鹏新区一位基层公务员的真情咏唱

图书在版编目（CPI）数据

大鹏与天空之约 / 白凌著. — 深圳：海天出版社，
2016.9
ISBN 978-7-5507-1729-9

Ⅰ．①大… Ⅱ．①白… Ⅲ．①诗集－中国－当代
Ⅳ．①I227

中国版本图书馆CIP数据核字（2016）第200363号

大鹏与天空之约
DAPENG YU TIANKONG ZHI YUE

出 品 人　聂雄前
责任编辑　杨五三
责任技编　梁立新
书名题字　丁韶文
装帧设计　线艺设计
　　　　　电话:83460339

特约编辑　刘　虹

出版发行　海天出版社
地　　址　深圳市彩田南路海天综合大厦7-8层（518033）
网　　址　www.htph.com.cn
订购电话　0755-83460202（批发）　83460239（邮购）
设计制作　深圳市线艺形象设计有限公司　0755-83460339
印　　刷　深圳市天邦印刷包装有限公司
开　　本　787mm×1092mm　1/16
印　　张　15
字　　数　208千
版　　次　2016年9月第1版
印　　次　2016年9月第1次
定　　价　39.00元

动情之约

莫文征

　　大概因为我与作者素昧平生，读他的诗难免有些陌生感，但是读着读着，发现其诗意境鲜明，文字顺畅，绝无佶屈、深奥之处，很快就产生熟悉感和亲切感。

　　诗集共收入150余首诗，令人惊讶的是，这其中不仅有自由体、白话诗，而且大多字句整饬、立意谨严，甚至是平仄讲究的古体诗词。看来作者具有不浅的古典文学修养。我是很喜欢这些作品的。如《沁园春·广东》就很感人：

> 三江流翠，五羊呈祥，岭南春浓。
> 望丹霞举日，鬼斧神工；七星守西，虎门镇东。
> 鱼跃沧海，鹏翔碧空，古粤蛮荒影无踪。
> 起惊雷，催繁花斗艳，芳草争荣。
>
> 几多风起云涌，唤万千豪杰缚苍龙。
> 赞天王兴兵，踏翻牢笼；中山举旗，直捣清宫。
> 挥师北伐，英雄东纵，百战笑迎东方红。
> 从头越，立改革新功，圆中国梦！

　　这是一首好词。上半阕赞广东名胜古迹，下半阕赞广东的革命斗争史。如此丰富的内容，全都浓缩在短短数语之中，微言而大义，又气韵流畅，仿佛一条语言与诗意的瀑布，一泻千里。它视野开阔，纵论古今，言简意赅，用典得当。读来心胸舒展，非常提气！另一首《念奴娇·信仰》也是一首好词，以政治信念写诗，本来是难事，但诗人写来却得心应手，还很有实感；还有一首《钗头凤·南澳龙舟》我也很喜欢，龙舟赛本来是很紧张而热烈的，但作者却以一段"追追追"结束上半阕，以"美美美"三字结束全词的文字来形容它，使得整首词显得十分轻松愉快。

诗集中标出"七律"的只有一首，就是《七律·十七勇士守杨梅》，虽说是平常题材却颇有韵味，杨梅并不是水果名，而是深圳大鹏新区的地名，是指十七位勇士为了治理交通而组成的协管队，表现他们不惧寒暑，坚守岗位的精神，是很有现实意义的。而令人意外的是，全集还有几十首这种八行诗，几乎与七律一样的格式，语言又是与七律一样不文不白，很像七律，似乎是按七律要求写成，却不标"七律"二字。估计是考虑到合律问题，才这么做。但其分量几乎是集子的一半，而水准也比较整齐，所以我都把它们当作七律来读。因而我认为，七律是作者的主攻体裁。这里有一个问题，凡写古体诗词的人都有体会，用古体诗词表现现代生活，难免受到古律的诸多限制，比如韵脚、平仄等，有的诗句，强调合律就伤及内容，即所谓因文伤义。其实，我赞成诗人的做法，何必过于追求完全的合律呢，应以内容为主，哪怕似像非像也没关系，现代的读者也未必计较。

这些作品中也有不少锦句和佳作，如《丰碑》就是首好诗：

大鹏朝雨从来急，
山色凝重不与齐。
拾阶而上步步沉，
景仰之情层层意。
遥想当年抗日旗，
遍地英雄谁能比。
刘公黑仔挺身出，
吾辈亦当奋然起。

这是作者瞻仰大鹏烈士纪念碑时所写,虽因不太合律而不能算是一首标准的七律诗,但内容是好的,特别是"拾级而上步步沉,景仰之情层层意"一联很动人,又很工整,可说是本诗的诗眼。所举刘公黑仔,为当年东江纵队英雄,整首诗很好地抒发了对抗日英雄的敬仰之情。还有一首《端阳赋》也很精彩:"端午曰端阳/离骚话离殇/屈原不屈志/爱国又爱乡",文字简洁明朗,内含情感深刻。这些可叫"准律诗"的诗中大多保留古诗韵味,也有极少向民歌体靠拢。总之,这部分是诗集的富矿,等待读者去开发。

这里,我还要特别提一下《学习焦裕禄》一诗,这是一首叙事兼抒情的五言长诗,通过描写许多事绩来歌颂焦裕禄,其中一段,特别精彩:

> 一辆破单车,
> 两张薄饼凉。
> 大衣露败絮,
> 凝神走四乡。
> 亲尝土咸淡,
> 问计种田郎。
> 四百七十五,
> 兰考全丈量。

可以说字字真实,句句感人,短短四十个字把焦裕禄艰苦奋斗、一心为民的形象刻画得活灵活现,过目难忘。这样凝练着力的描写,实不可多得。

诗集虽说有诗、词、赋、自由白话体多种体裁,但主要是古体诗词,即便没有标明体裁的许多诗作,也由于其行文、句式、韵律表现,仍属于古体诗词。古体诗词也就是古典诗词,由于其规则较多,诸如句式、字数、韵脚、平仄等,甚是难写。但作者似乎驾轻就熟,可见其古典文学功底之深厚!当然,集中也有不少白话诗,这些诗的内容都是赞美当地风光，赞颂新鲜事物和先进人物。主题是积极的，形式则有长短句、民歌体，读来朗朗上口，易为群众所接受。如《侨乡铁军赞》《南澳抗战英雄赞》《我是大鹏人》《为谁离骚》等都很感人。当然，也有个别篇有些"意浮"，或可再精炼些，这是按进步要求来说的。总的来说，这些诗瑕不掩瑜，读来让人感到轻松愉悦，印象深刻。优越之处，就不一一赘述了。

关于今人写古体诗，本人在给别人写的另一篇序中说过，必须要过三关：格律关、语言关和典故关。现在看来，即便过了三关，也可能写出老气横秋、陈旧迂腐的东西，所以古语外还必须融入些现代词语，这样才有时代感，这两者间有个调节问题，不能偏重一边。（梁）钟嵘说："若专用此兴，患在意深，意深则词踬。若但用赋体，患在意浮，意浮则文散。"如果引申过来，用以表述应用古文与白话文的矛盾关系也未尝不可。如专用古文，难免"词踬"；而如专用白话，则难免"意浮"。这两者一定要调配，使人读来，既能感到古体诗的韵味又能感到时代气息。白凌的作品大多符合这个要求，他是成功的。

白凌诗的一大优点是，爱写应景诗，也就是即兴诗。无论大小社区活动，诸如拜谒纪念碑、听一次党课、过一个邻里节、过一个民生体验日、扶贫活动等，他都有诗记之。一讲到应景，人们总不以为然，其实这正是中国诗歌的传统，古人会友、登临、旅游都要写诗，很多佳作就这么产生的，他的这方面诗作写得都很认真，许多篇什都诗情并茂，鼓舞人心。可说是登山则情满于山，临海则意溢于海。

我特别欣赏作者在诗中蕴含的豪情壮志，和建设社会主义祖国的激情。读这些作品，心中一扫诗坛种种萎靡之气，荡涤诸多杂乱之音。目前社会上太需要正能量作品了，而《大鹏与天空之约》的出版正当其时，所以其诗的出版是有意义的事。诗人的努力，也应获得肯定。当然学海无涯，艺无止境，诗作如果想百尺竿头更进一步，还可以在诗的独立构思上多下工夫。此见不知作者以为如何，仅供参考吧。

园地缩小，读者变少，可选的艺术品类繁多，商业渗透每个角落，诗歌一片萧条。但诗不能总萧条下去，中国是诗之大国，诗歌必须重振雄风。有位著名作家说过：小说是文学的"身体"，散文是他的"笑容"，杂文是他的"牙齿"，而诗是他的"灵魂"。既是灵魂就是不可或缺。为了适应现代生活的需要，诗歌必须摸索出新的办法、新的路子。靠谁？当然不能靠那几个假洋人从一百多年前的外国流派那里拾些牙秽，算作创新；也不能靠那帮复古派，弄出些散发霉气的东西充当正宗；我们寄希望于数以千计的新老"诗痴"、"诗魔"们，当然更希望有抱负、有才华的诗人出现。像白凌这样，让诗也从基层做起，获得领导支持，把诗普及到群众中去，形成诗区、诗乡，把它推而广之，也不失为一种办法。大鹏新区和白凌这么做是很有现实意义的。

中国诗，历来有自己的独立发展道路。总有一天，我们会创造出不愧于时代和人民的，完全是中国风格、中国气派的崭新诗潮。当然，绝不会仅限于一种诗体、一种形式，但它一定是中国的。

感谢大鹏新区领导对诗的重视。

祝愿白凌写出更好的诗篇。

愿大鹏动情之约圆满成功。

是为序。

2015年11月于北京

（作者系人民文学出版社原编审，中国作家协会会员，毛泽东诗词研究会理事，中国诗歌学会理事，作家、诗人）

源头活水自有诗

冯永杰

  白凌，深圳本土诗人。早在2003年，他还在深圳市公安局团委担任领导工作的时候，就加入了由我和几位深圳户籍中国作家协会会员发起成立的市级业余文学社团深圳新诗研究会，兼任我们的副秘书长。于繁忙的公务之余始终对诗歌保持着一份深挚的恋情和执着的追求。他不仅勤奋地学习和创作自20世纪"五四"新文化运动以来形成的新诗，而且也不断揣摩和尝试运用已拥有数千年辉煌的古典诗词进行写作。

  经历了近百年发展历程的新诗，正是从古典诗词的根须上萌生的繁茂枝叶。根深则叶茂，如果离开了中华民族源远流长的优秀诗歌传统，一味盲目照搬西方的诗歌创作理念和模式，中国新诗的繁荣和发展就会失去原动力。不久前公开发表的习近平同志《在文艺工作座谈会的讲话》（以下简称"讲话"）中，就深刻地阐述了文艺创作要有文化传统的血脉，并批评了"以洋为尊""唯洋是从"，"去思想化""去历史化""去中国化"等一系列错误思潮和倾向。我以为白凌的诗最可贵之处，就在于他面对时下的各种诱惑和干扰，能始终坚持正确的创作思想和方向，既传承了我国古代优秀的诗歌传统，又在旧形式上注入新思想、新内容、新语言，可谓推陈出新，写出了不少旧体新韵；同时，又运用古典诗词中丰富多彩的表现手法，在新诗创作上努力进行探索和实践，取得了可喜的成果。著名作家和诗人、人民文学出版社资深老编审莫文征先生在为本书所写的序言中，已对本书中旧体诗词部分进行了精彩的评介和赏析。我则对新诗部分再发表一些读后感，仅供读者诸君参考。

《大鹏与天空之约》是白凌的第四本诗集，收入了他从市委机关调任大鹏新区以来的一百余首诗作，其中约有半数是新诗。这些作品的题材，无一不带有鲜明的"政治色彩"，表达了一个共产党员、国家公务员对自己尽职之地和服务岗位的忠诚和热爱。从政务到党务，从管理机关到基层，他所从事的工作不可能去迎合那些诸如"诗歌必须远离政治和大众"、必须"去主流化""去思想化"之类的鼓噪，恰恰相反，他必须时刻深入到人民群众中间去传播、落实党和国家为实现中华民族伟大复兴的"中国梦"而制定的政治纲领。政治是一个广义的中性词汇，将诗歌创作与政治对立起来本身就是一种伪命题，是肤浅并且可笑的。古往今来，流传至今的不朽诗篇中有许多都是当时政治背景的生动描述，鼓吹远离政治的论调并非不要政治，而是在推行另一种拒绝任何规矩方圆的所谓绝对自由的无政府主义政治。

我们的政治就是培育和践行社会主义核心价值观。习近平同志在"讲话"中说："文艺是铸造灵魂的工程，文艺工作者是灵魂的工程师。好的文艺作品就应该像蓝天上的阳光、春季里的清风一样，能够启迪思想、温润心灵、陶冶人生，能够扫除颓废萎靡之风。"白凌的新诗创作正是在实践中努力履行这一崇高使命。他的诗作里不仅有"启迪思想"的阳光，也有"温润心灵"的春风，前者体现出作品的思想性，后者则融会于作品的艺术性。一首好诗这二者缺一不可。他的许多新诗从标题开始就不回避政治，如《旗帜》的副标题"南澳入党积极分子培训班有感"、《风送莲香》的副标题"专题民主生活会偶得"、《送你一片枫叶》的副标题"有感于党的群众路线教育实践活动之'一谈三访'"等，可谓一目了然，告诉读者诗中写的就是与政治生活相关的内容。副标题是实的，正标题却是虚的，都选了象征性的意象：旗帜、莲香、枫叶，如此标题设置上的一正一副，一虚一实，给了读者一种阅读上的悬念：这样的题材中也有诗吗？有没有，请读者自己品味：

山谷的风
吹来薄荷般的凉飕飕
昏沉沉的头脑
仿佛注入一股清澈的溪流

风送莲香
雨打扁舟
盛夏的南国
一次难得的美妙邂逅

这是《风送莲香》中的头两节，描述了一次党内民主生活会的优美环境，这自然是诗的境界。在这样的诗情画意之中，一批共产党员对社会主义核心价值观是否缺失进行了深刻的反思：

缅怀无数革命先驱
舍生忘死，击水中流
我们在和平的阳光下
是否疏远了信仰和追求

回首漫漫峥嵘岁月
历经风雨，艰苦奋斗
我们在红旗的怀抱里
是否壮心不已，风骨依旧

我们不是共产党员吗
该如何面对动摇的操守

我们不是光荣的先锋队吗
该怎样抵制拜金主义的引诱

相信自己在党旗下的宣誓
不会成为一堆冰冷的石头
它还能擦出耀眼的火花
点燃被浮云遮盖的满天星斗

这几节诗用非常形象、精准、简练而且深沉有力的反诘语言，完全诗化了民主生活会抽象的内容，不能不令人心潮澎湃。习近平同志在"讲话"中语重心长地说："核心价值观是一个民族赖以维系的精神纽带，是一个国家共同的思想道德基础。如果没有共同的核心价值观，一个民族、一个国家就会魂无定所、行无依归。"并列举了一系列核心价值观缺失的表现："观念没有善恶，行为没有底线，什么违反党纪国法的事情都敢干，什么缺德的勾当都敢做，没有国家观念、没有集体观念，浑浑噩噩、穷奢极欲。"白凌这首写民主生活会的新诗对宣传和落实核心价值观具有普遍的社会意义。其中首尾呼应的"莲"的意象，更是余味无穷，令人难忘，发人深省：

一次民主生活会
一次推心置腹的交流
多谢沁人肺腑的莲香
为患者排毒，为醉者醒酒

此刻，我们的每一颗丹心
都如同一朵盛开的莲花
让出污泥而不染的哲理
在生命的每一丝筋脉里渗透……

社会主义核心价值观不仅是中国精神的凝聚，也是社会主义文艺的灵魂。在白凌创作的新诗中，这样的作品还有多篇。如在《誓言》中，写"替民办事为民说话"，"誓言成了南海边一道最美的风景"；在《相约七月》中，咏叹每年相约在党的生日，"是多年不变的诺言""青春不老的童谣""今生不朽的信仰"。习近平同志的"讲话"强调："在社会主义核心价值观中，最深层、最根本、最永恒的是爱国主义。"白凌认为，爱国，从宏观上讲就是热爱我们的国家，从微观上讲就是热爱自己生活着、工作着的土地，因此他写了许多歌颂大鹏新区的诗，从大鹏的自然风光、民风人情、历史典故、建设中的现在一直写到未来的大鹏梦。在这些新诗中，他不时对大鹏发出深情地呼唤。如在《到大鹏去》中，以一唱三叹的渐进式节奏抒发了他从市中心到大鹏履新的急迫心情；在《大鹏，美丽中国的名片》中，将大鹏的建设与"中国梦"联系在一起，表达了大鹏人情寄五湖四海的自豪感；《大鹏飞翔的地方》将音乐的旋律升腾为天高任鸟飞的豪迈情怀；《我的大鹏和我》把七娘山顶的每一朵云彩，都想象为母亲的呼唤；《如果我在大鹏遇见你》以大鹏主人的身份和心情，期待着大鹏走向全国，走向世界；《大鹏，多元文化的萌芽》以诙谐的笔调写了开放带来的文化交流；《大鹏所城》则引发了古老的回声……再加上从一山、一水、一景上吟咏的七娘山、较场尾、杨梅坑等大鹏名胜的诗，为大鹏立传、抒大鹏之情成了白凌创作中的重中之重，由他策划和组织的"大鹏人写大鹏""大鹏人诵大鹏"等群体创作和朗诵活动，已经形成当地的文化品牌，可见他对自己所钟爱的这片土地用心之专，用情之深。白凌的创作之所以如此勤奋，硕果累累，是与他深入生活、扎根人民分不开的。习近平同志说："人民是文艺创作的源头活水，一旦离开人民，文艺就会变成无根的浮萍、无病的呻吟、无魂的躯壳。"白凌身在大鹏写大鹏，发生在他身边的各种变迁和各种新鲜的故事，不断拓展他的视野，点燃他的诗情。他像一只辛勤的蜜蜂那样，以敏锐的目光不断采撷诗歌之树上的花蜜。在他的笔下，任何足迹所到之处都可能捕捉到诗意。就连纪检、监察、审计这样的部门，他也能写出《九里香开了》这样颇为浪漫的新诗，只因他的诗艺触觉已从"九里香"这种大鹏人喜爱的花朵美丽的外表深入到其内涵，知道它具有消瘴排毒的特殊疗效，这种通过细致入微的观察发现的诗意正好与上述工作部门的工作性质合拍，可以理解为对诗人扎根生活的回报。在一般人眼里未免有些单调的基层工作场所，在白凌笔下却成了《如花的小院》，诗意盎然，令人神往，被提升到"月亮之上、山海之间；太阳底下、你我心间"的精神高度，这也可以理解为是生活给诗歌创作注入的活力。投身党的群众路线教育实践活动，对白凌来说应该是深入生活联系群众的好机会，正是这样才使他有了成功的范例。在新诗形式的运用上，因受古典诗歌精华的滋养，白凌大多保持了有规则的排列和内在的韵律，用语流畅易懂，有的句式短促而灵活，继承了《诗经》中风诗的某些特色，因此读起来朗朗上口。诗，只有首先读懂了才能进一步玩味其中之妙。那些诚心不让人读懂的诗，其实不是诗，只不过是自欺欺人的文字游戏而已。

源头活水自有诗。只要坚持以人民为中心的创作导向，坚持扎根生活，心中有人民，在将传统诗歌技巧移植于新诗的创作实践中，再多下点细微工夫，磨砺化腐朽为神奇的文字锤炼和推敲技能，我相信白凌在今后的创作中会给我们带来更多的惊喜。

2015年11月25日

（作者系中国作家协会会员，深圳新诗研究会会长）

目 录

第一辑 高举旗帜追梦

天上众星皆拱北，世间无水不朝东。
——明·《增广贤文》

第二辑 大鹏乘风举翼

大鹏一日同风起，扶摇直上九万里。
——唐·李白《上李邕》

第三辑 践行基层走笔

合抱之木，生于毫末；九层之台，起于累土；
千里之行，始于足下。

——春秋·《老子》

第四辑 放歌山海风流

晴空一鹤排云上，便引诗情到碧霄。
——唐·刘禹锡《秋词》

第一辑
高举旗帜追梦

天上众星皆拱北，世间无水不朝东。

——明·《增广贤文》

大鹏，美丽中国的新名片

大鹏 从她名字诞生起
就注定为蓝色星球带来无限遐想
一日同风起的气概
饱含了华夏儿女多少的向往
从地球望向太空
矫健的身影聚焦了无数的目光

大鹏 从她所城建成起
就注定为华夏民族带来不屈的信念
扶摇万里上青云的气魄
蕴含了泱泱大国的民族精神
从九龙海战到抗日烽火
自由独立的呐喊在环宇激荡

大鹏 从她新区成立起
就注定要成为南中国海最耀眼的地方
直挂云帆踏沧浪的雄姿
赋予了新时代最强的音符
从保护优先到精细管理
科学发展的旗帜迎风飘扬

大鹏 从她创建国家生态文明示范区起
就注定要成为美丽中国的新名片
绿水青山就是金山银山的理念
深深植入大鹏人的心房
从生态考核到生态审计
从生态社区到生态补偿
一次次将国家生态文明示范区
国家生态文明先行示范区
国家海洋文明示范区的神圣责任
自觉地担在肩上

大鹏 美丽中国的新名片
和着东进的战鼓更加昂扬
秋水长天渔舟唱晚
欢快的绿色音符
在山海林城的画卷上自由跳荡
大鹏人用柔软而坚强的肩膀
精心地呵护锦绣山海美丽南疆

大鹏 美丽中国的新名片
高擎着创新协调绿色开放共享
莫愁前路无知己的豪迈
带着我们的心一起飞翔
大鹏 最美的桃花源
必将刻在地球文明进化的史册
永放光芒

旗　帜
——南澳入党积极分子培训班有感

无数迎风招展的旗帜

你是那斑斓里最灿烂的一面

在朗朗晴空上自由飞扬

那是我心中最纯洁的圣殿

穿越星空穿越不堪的暗淡

今天仰望你激起无边的波澜

是不屈是坚贞是骄傲的传承

是华夏大地的亘古绵延

漫漫长夜漫漫五千年

默默承受默默思索变迁

紧紧拥抱高高托起坚强的信念

于是

浩浩长江滚滚黄河上

一面旗帜就是一团真理的烈焰

【注】2014年6月11日下午，来自南澳街道机关、事业单位、社区及"两新"组织的100多名入党积极分子及发展对象参加了"2014年度入党积极分子暨发展对象"培训班，办事处邀请了深圳市委党校王鑫教授主讲党的基本理论和基本知识。

风送莲香

——群众路线教育实践活动专题民主生活会偶得

山谷的风
吹来薄荷般的凉飕飕
昏沉沉的头脑
仿佛注入一股清澈的溪流

风送莲香
雨打扁舟
盛夏的南国
一次难得的美妙邂逅

现在，请畅所欲言吧
不用字斟句酌
无须做作讲究
但别让严肃的话题开溜

批评与自我批评
我们运用已久
面对思想的交锋
切不可躲避和退后

缅怀无数革命先驱
舍生忘死，击水中流
我们在和平的阳光下
是否疏远了信仰和追求

回首漫漫峥嵘岁月
历经风雨，艰苦奋斗
我们在红旗的怀抱里
是否壮心不已，风骨依旧

我们不是共产党员吗
该如何面对动摇的操守
我们不是光荣的先锋队吗
该怎样抵制拜金主义的引诱

相信自己在党旗下的宣誓
不会成为一堆冰冷的石头
它还能擦出耀眼的火花
点燃被浮云遮盖的满天星斗

一次民主生活会
一次推心置腹的交流
多谢沁人肺腑的莲香
为患者排毒，为醉者醒酒

此刻，我们的每一颗丹心
都如同一朵盛开的莲花
让出污泥而不染的哲理
在生命的每一丝筋脉里渗透……

沁园春·广东

三江流翠，五羊呈祥，岭南春浓。
望丹霞举日，鬼斧神工；七星守西，虎门镇东。
鱼跃沧海，鹏翔碧空，古粤蛮荒影无踪。
起惊雷，催繁花斗艳，芳草争荣。

几多风起云涌，唤万千豪杰缚苍龙。
赞天王兴兵，踏翻牢笼；中山举旗，直捣清宫。
挥师北伐，英雄东纵，百战笑迎东方红。
从头越，立改革新功，圆中国梦！

念奴娇·信仰

江山万里，展红旗，民重乾坤安定。
风卷欧亚新主义，处处高歌猛进。
工友挥戈，农奴舞戟，世界岂可冷？
挣脱锁链，喜看华夏觉醒！

莲花山下春风，木棉初绽，号角鼓人劲。
思想先行施政令，南粤民风纯正。
屹立七娘，烟台烽火，信仰渔家胜。
爱鹏湾美，扬帆南海驰骋！

【注】2014年6月5日，南澳街道党工委书记姜红主讲"坚定理想信念 把好人生'总开关'"的专题党课，强调要以史为鉴，坚持走群众路线，加强作风建设。课后有感而作。

誓　言

高举的拳头

开始和心头对话

青春的种子恣意生长

执拗地在苍山碧海间萌芽

在斗转星移的轮回中

不论现实把梦想和誓言拉开多大

我在这头　梦想在那头

总也挡不住誓言的步伐

任时光荏苒　风吹雨打

都有这颗坚守的心

替民办事为民说话

于是

誓言成了南海边一道最美的风景

波涛中挺立　峭壁上开花

【注】2014年5月7日，南澳街道办事处组织57名新一届社区"两委"干部进行集体就职宣誓，并告诫新上任的"两委"干部要注意作风建设，不许打官腔。

一旗风中最鲜艳

——七星湾"两新"党建①观摩有感

巍巍高耸七娘山，

恍若云中一朵莲。

大鹏展翅回眸望，

莲心静卧七星湾。

桅杆林立海如磐，

千帆竞发舟似箭。

劈波斩浪向天横，

一旗风中最鲜艳。

① 七星湾游艇会党支部成立于2012年7月，是大鹏新区唯一的市级"两新"党建示范点，成立了国内首支党员志愿者海上救援服务队，多次为大鹏国际帆船赛、端午节龙舟赛等大型赛事保驾护航，也为旅游旺季期间的海上安全提供巡逻保障。

追 梦

——观北撤纪念亭①有感

为了那一梦，
坚持这大鹏。
国内开民主，
和平在心中。
从此了无愿，
登船看波涌。
北撤亦南进，
山东向前冲。

---

① 北撤纪念亭：即东江纵队北撤纪念亭，位于深圳市大鹏新区。抗日战争结束后，根据国共两党重庆谈判签署的协定，东江纵队主力须北撤烟台。1946年6月30日，北撤人员2583人在大鹏半岛的沙鱼涌登上美军三艘登陆舰开赴山东烟台。为纪念这一历史事件，1989年，原宝安县人民政府在沙鱼涌原址建亭立碑，后被公布为深圳市爱国主义教育基地。

观东江纵队司令部旧址有感

大鹏山色里，
雨急向秋分。
蝉鸣凤凰树，
雾散云霞明。
可知当年愤，
热血主义真。
杜鹃啼血志，
换来盛世景。

送你一片枫叶

——有感于"党的群众路线"教育实践活动之"一谈三访"①

这个季节天太热没有枫叶

而我喜爱

这个地方在南方难见枫叶

而我喜爱

这个礼物很轻微只一片树叶

而我喜爱

我生在北方

无数次见到喜爱的叶子

这枫叶

在夏天里热烈地生长

在秋天里慢慢成熟

---

① "一谈三访"为南澳街道"党的群众路线"教育实践活动第三环节自选动作,"一谈"为再次开展谈心交心活动,"三访"为访社区、访企业、访困难群众,变"上访"为"下访",查漏补缺抓实活动成效。

然后像燃烧的火、灿烂的霞、羞红的脸
还分明透着鲜明、温暖和忠诚
我喜爱

我们在一起
在今天时刻不分手
我握紧你
为了你的我们的信仰
送你一片枫叶
这是我
一个热烈而美丽的祝愿

丰　碑

——瞻仰大鹏烈士纪念碑有感

大鹏朝雨从来急，
山色凝重不与齐。
拾阶而上步步沉，
景仰之情层层意。
遥想当年抗日旗，
遍地英雄谁能比。
刘公黑仔挺身出，
吾辈亦当奋然起。

同心共圆中国梦

——市侨企联第三届理事会就职典礼有感

千年往事烟云中，
华夏从来重一统。
盘古开天有神力，
展土拓疆予民用。
四海九州地共方，
三皇五帝祖同宗。
远洋岂管几万里，
同心共圆中国梦。

学习习近平同志
《念奴娇·追思焦裕禄》词有感
——与大鹏新区社区两委干部赴北大学子又勉

金水桥畔望国旗，

大会堂前觅崇高。

大鹏取经赴京华，

志在南海领新潮。

潜心敬学焦裕禄，

挥汗研读念奴娇。

八千里路追云月，

圆梦共建幸福岛。

附：习近平《念奴娇·追思焦裕禄》——

魂飞万里，盼归来，此水此山此地。百姓谁不爱好官？把泪焦桐成雨。生也沙丘，死也沙丘，父老生死系。暮雪朝霜，毋改英雄意气！

依然月明如昔，思君夜夜，肝胆长如洗。路漫漫其修远矣，两袖清风来去。为官一任，造福一方，遂了平生意。绿我涓滴，会它千顷澄碧。

该词是1990年7月15日，习近平同志读《人民呼唤焦裕禄》时有感而作。

学习焦裕禄

南国飞碧浪，
春风吹又长。
新邨①吐新绿，
古街飘古香。
改革三十载，
乐当领头羊。
为圆中国梦，
裕禄精神扬。

当年兰考荒，
风沙真猖狂。
遍布盐碱地，
群众去讨粮。
为改旧模样，
书记有主张。
奋力挖穷根，
日夜奔波忙。

---

① 邨（cūn）：特指社区，区别传统意义的"村"。

一辆破单车，
两张薄饼凉。
大衣露败絮，
凝神走四乡。
亲尝土咸淡，
问计种田郎。
四百七十五，
兰考全丈量。

亲率众乡邻，
手把肩同扛。
植绿中原地，
风沙岂能猖。
一身泥和汗，
翻淤压碱忙。
斗志永不败，
三害无处藏。

又见张继焦①，
脸比手心烫。
急忙赶村头，
电话嘱端详。
一封鸡毛信，
三冬暖洋洋。
问长复问短，
牵挂揣心上。

可恨天无常，
总是妒贤良。
不敢夺其志，
偏索七尺枪。
命运要反抗，
藤椅来助场。
任君顶个洞，
也替英雄扛。

---

① 张继焦：原名张徐州。1963年12月，才一岁的张徐州患上重病因无钱医治而垂危之际，在焦裕禄的直接关心下终得以治疗痊愈。在焦裕禄逝世后，为表示继承焦裕禄遗志改名叫张继焦，现在兰考县焦裕禄纪念园工作。

苍生莫嗟叹，
勇士意志强。
病来山不倒，
人去情留长。
莽原披日月，
山河载星光。
天地存正气，
人间铸华章。

二妮①费思量，
焦爸在何方。
明明全家福，
主角不登场。
五十余载过，
无法再凝望。
张张盼阿爸，
矜矜泪千行。

———————

① 二妮：焦裕禄的二女儿焦守云。

今看新兰考，
繁荣四乡旺。
盐碱变良田，
凡夫着华装。
出行多便捷，
名医是街坊。
桃红映柳绿，
喜气乘运昌。

学习焦裕禄，
使命永不忘。
立志七娘山，
成就幸福乡。
丹心照日月，
万民皆敬仰。
北京发号令，
大鹏脚步响。

【注】党的群众路线教育实践活动第一环节集中学习阶段，深圳市委党校、党建专家王鑫教授来到"南澳大讲堂"讲授学习焦裕禄精神的党课。

今日携手奔富饶

——喜读南澳党的群众路线教育实践活动报道有感

群众路线教育好，
南澳百姓喜眉梢。
东涌西涌浪拍手，
杨梅① 月亮湾带笑。
"作风病"顽须根治，
"新鲜菜"美趁热炒②。
求真务实接地气，
基层特色怎能少。

---

① 杨梅：指杨梅坑，位于南澳街道办事处，有"深圳最美的溪谷"之称。

② 作风病、新鲜菜：出自"着力整治'作风病'，下茬抓住'新鲜菜'"，是深圳市大鹏新区党工委委员、管委会副主任朱刚同志在南澳党的群众路线教育实践活动动员大会上所作的指示，要求活动接地气走基层创特色。

遥想井冈红旗飘，
延安精神推新潮。
长征组歌代代唱，
兰考丹心日月昭。
如花小院^① 疍家^② 爱，
美好家园共创造。
当年同心打天下，
今日携手奔富饶。

---

① 如花小院：笔者对开展党的群众路线教育实践活动基层指挥部南澳街道办事处办公区域的昵称，亦泛指南澳极具岭南特色的各类民居。

② 疍（dàn）家：对广东、广西、福建、海南和浙江一带以船为家的渔民的昵称，在南澳街道亦有大量住民，也常被亲切称作"水上人"或渔民、疍家人等。

万事民为先

长城风
温柔的风
吹遍崇山峻岭
纵横千里爱抚东方

黄河浪
热烈的浪
拍打黄土高坡
浩浩荡荡滋润家乡

岭南雨
悠幽的雨
洒遍梅岭东江
润物无声满庭芬芳

民政心
慈爱的心
情牵困苦贫弱
千家万户沐浴阳光

万事民为先
千家万户沐阳光
雨露润民心
恩情高万丈

春燕之歌

——南澳街道党的群众路线教育实践活动党外监督员①基层调研有感

春天细柳燕子，

青山绿水红旗。

海风海滩海浪，

渔船渔网鱼肥。

会员盟员党员，

同心同向同行。

生态资源调查，

民生民计在心。

【注】为充分发挥民主党派特有的政治优势和智力优势，推动党的群众路线教育实践活动更扎实、更有效地开展，南澳街道党工委专门聘请辖区的民盟和民进两个民主党派，成立了党外监督小组，全面开展监督活动，其中民进大鹏直属支部从2014年7月至9月，历时三个月，深入开展了社区服务中心建设与发展专题调研，并几易其稿，撰写了调研报告，取得了良好的实效。

————————

① 党外监督员制度是南澳街道办事处党的群众路线教育实践活动的一项特色制度。南澳街道办事处邀请辖区11名党外人士担任监督员，他们来自民盟、民进两个民主党派，建立了组织架构，按照"一成员一建议，一党派一提案"的原则，为办事处建言献策。

群众路线旗正红

南澳四月又春风，
七娘山峰绿意浓。
开门教育出新彩，
"四学""四谈"践行中。
深入社区帮困弱，
周末上班疏交通。
河污路灯齐整治，
迎来龙舟如浪涌。
病树前头多帆举，
体验借鉴并蒂用。
"四真"狠把"四风"扭，
群众路线旗正红。

【注】2014年6月25日，《深圳侨报》专版报道了南澳街道党的群众路线教育实践活动，标题为《沉舟侧畔千帆过，病树前头万木春——南澳街道办事处以"四真"扭"四风"》。读后有感而作。

团旗高擎跟党走

马峦高　马峦秀

马峦山上白云悠

马峦烽火迎新世

马峦精神传五洲

团旗红　团旗绣

团旗飞舞士气抖

团旗如画写忠诚

团旗高擎跟党走

南澳美　南澳优

南澳风情了君愁

南澳青年志气大

南澳明天庆丰收

【注】喜读《深圳侨报》报道南澳街道团员青年开展体验式学习上马峦山，参观东江纵队纪念馆，缅怀先辈丰功伟绩。是以记。

相约七月
——纪念建党93周年

都说你是流火的七月
大鹏湾的天气格外舒朗
盛夏的雨后清凉
花团锦簇，满城飘香

相约七月
是多年不变的诺言
不只为了等待
更有追日寻梦的祈望

黑暗的日子你走过来
摇着南湖的红船
向胜利彼岸起航
艰苦的岁月你走过来
从井冈山远征黄土地
一路战歌迎风高唱
辉煌的季节你走过来
从闭关锁国到改革开放
实现了从贫穷走向繁荣富强

相约七月
是青春不老的童谣
我追随你的幸福美丽
不管前路坎坷万里路长

相约七月
是今生不朽的信仰
蓬勃的力量热烈生长
从南湖到南海
从现实到梦想
给我融冰化雪的热
赐我穿云破雾的光
你是高挂穹庐的太阳

【注】为庆祝建党93周年，2014年7月1日，南澳街道党工委进行"七一"十大系列活动启动仪式，并启动7月"党员志愿者服务月"活动。以诗记之。

烈士纪念碑的独白

——甲午清明，大鹏革命烈士陵园①凭吊有感

岁岁清明

今又清明

从清晨开始

我的周围就聚集了很多人

耳畔萦绕虔诚的心声

　"谢谢先辈把精神财富传给我们

继往开来是我们的责任

缅怀你们的丰功伟绩

我们怎不心潮澎湃热血沸腾"

谢谢新一辈的到来

打破了许久的沉静

今天的聚会

使我们感动良深

回望飘逝的峥嵘岁月

我们在炮火中孕育梦想

---

① 大鹏革命烈士陵园位于深圳市大鹏新区大鹏街道办事处辖区内，建于1995年，占地2.7万平方米。陵园中有革命烈士纪念碑，刻有原东江纵队司令员曾生同志的题词及刘锦进等20多名烈士的英名。

在跋涉中点燃激情
我们也曾在曲折中踟蹰
在迷雾中徘徊
但我们有坚强的韧性
我们凭信仰之光驱散黑暗
靠革命意志跨越艰辛
我们为自由独立不怕牺牲
今天静卧在地下
欣然接受你们的祭奠和致敬

你们的身上
流着中华的血脉
活着民族的精神
你们的欢笑 悲伤
你们的尊严 荣耀
都是我们的一部分
我们会默默地陪伴你们
去实现更美好的憧憬
请接受我们的祝福
连同你们的祝福
传给我们的一辈又一辈
世世代代 子子孙孙

赴井冈山学习五题

一、井冈精神放光芒

追寻光明上井冈，
革命烽火炼好钢。
视死如归战腐恶，
艰苦卓绝征途长。
五指峰峦连五井，
八角楼灯照八方。
三大纪律军魂铸，
井冈精神放光芒。

【注】作者于2014年9月参加"大鹏新区第二批赴井冈山党性教育培训班"学习，有感而发，成此组诗。

二、忆江南

寻圣地，
峻岭看茨坪。
大井葱茏携小井，
五指峰峦育精英。
犹念伴君行。

当年忆，
最忆八角楼。
北斗星辉昭万里，
油灯火种播九州。
今日更重头。

长相忆，
又忆望红台。
十里相送不松手，
万语千言未尽怀。
翘首君还来。

三、西江月·井冈精神

告别爹娘兄弟，肩扛梭镖土枪。
炮声阵阵上黄洋，为我人民解放。

纪念碑前肃立，学子斗志昂扬。
铁骨铮铮势不挡，华夏复兴在望。

四、井冈谣

（一）

怀着崇敬的心情

我来到井冈

历史翻过了八十七个年轮

这里的山水依旧

还是昨天的模样

我来到井冈

在茨坪茅坪上流连

在大小五井里仰望

五指峰的层峦千年不变

环山的翠竹挺拔

满怀喜悦地等待

映山红的鲜艳开放

黄洋界的炮声依稀可辨

四万八千名烈士

呐喊的声音

和着三大纪律铿锵的节拍

回响在身旁

五指峰林参天耸立

茅坪河水长年欢畅

北斗星是宇宙的航标

穿梭任行总有方向

八角楼是井冈山的心脏
在晚霞中辉映金色霓裳

（二）

我怀着踟蹰的心情
来到井冈
这里的人情世故
是否还是昨天的模样
生活已经变换
多元浪潮迅猛
坚定信念需何等的力量
不再紧巴的日子
红米饭南瓜汤成了生态食粮
艰苦奋斗怎样继续荣光
井冈山的街巷宽敞
到处莺歌燕舞红色风光
实事求是该放在哪一章
风起云涌的改革
观念更新市场开放
敢闯新路已经在发扬
张家不短李家很长
天天见面次次问暖凉
依靠群众几时又有新主张
经济谁能封锁
制裁何需紧张
勇于胜利可是自由的呐喊

挺起的可是民族的脊梁

朝圣的人群不息

思索的精灵在穿越激荡

烈士陵园寂静

在红歌中安详

一群群的雕像

记录着共和国

民族解放的使命

和他们奋斗的历程

步步艰难步步昂扬

（三）

在秋雨的缠绵中

我来到井冈

追寻先辈的足迹

沧海寻真

在追思感恩的祈祷中

缅怀这不朽的华章

山上的人们

热情依旧

红旗在井冈城中飘扬

茨坪街市繁荣

商品满目琳琅

红军阿哥你慢慢走

悠悠的歌声在天街萦回飘荡

可人群依旧脚步凝重
都在寻找
信仰寄托的地方

昨天的奋斗
已然是远去
仿佛看到先辈们
可爱的脸
期盼的还是今天的幸福吉祥

在井冈
千年基业犹可记
在井冈
青春岁月初放光
井冈 井冈
神圣摇篮历沧桑
井冈 井冈
精神家园放声唱

【注】诗中第二节所提的"坚定信念""艰苦奋斗""实事求是""敢闯新路""依靠群众""勇于胜利"六句话,共二十四个字,是井冈山精神的高度概括。

五、大鹏美井冈红

南海

龙江

开山炮

红缨枪

大雁南飞

红军北上

七娘山晨曦

八角楼灯光

渔家赶海捕鱼

军长挑粮打仗

生态保护谋发展

斗争生产纪律强

大鹏美

井冈红

人民江山万年长

端阳赋

端午曰端阳，
离骚话离殇。
屈原不屈志，
爱国又爱乡。
龙船接龙舟，
健身又健康。
大鹏乘大运，
新区焕新光。

参加民主促进会海洋环境考察有感

以党为师师亦友，
立会为公公同求。
参政为民民是天，
服务为本本风流。

【注】"以党为师、立会为公、参政为民、服务为本"是中国民主促进会立会宗旨。

如花的小院
——献给南澳街道办事处

海风飘进静谧的小院
月亮湾①的歌声在此流连
美丽小院我可爱的家
大椰树的倩影随歌相伴

山风吹进祥和的小院
七娘山②的彩云在此盘旋
美丽小院我可爱的家
大榕树的垂丝攀云相牵

---

① 月亮湾：月亮湾坐落于大鹏新区南澳办事处辖区内，北邻海滨南路，南靠大鹏湾，是天然的避风港和国家级渔港，独具渔乡特色。
② 七娘山：位于大鹏新区南澳街道办事处辖区内，是深圳市第二高山。关于"七娘山"名字的由来有一个美丽的传说：相传有七位仙女云游到此，观其山海美景，流连忘返，不愿回到天庭。玉帝闻之，派雷神追击，七仙女誓死不从，玉帝一怒之下将七仙女变为七座山峰。

春风拂进如花的小院
高山角①的春潮在此涌现
美丽小院我可爱的家
爆竹花的鲜红迎春送暖

如花的小院
月亮之上山海之间
小院的时光恬然闲美
静静地流淌千年万年

如花的小院
太阳之下你我心间
小院的生活幸福甜蜜
紧紧地守护千年万年

---

① 高山角：处于大鹏半岛的最东端，鹿嘴山庄小路的尽头。高山角伸入
海中，有"蟹岩"立于其上，最高处212米，是南澳观海、听涛、看日出的最
佳位置。

社会建设美上美

大鹏之美在山水，
满目青山满湾水。
所城之美在墙黑，
高高城墙喜晒黑。
太阳之美在光辉，
光芒四射满地辉。
木棉之美在花蕊，
火红鲜花英雄蕊。

社会建设美上美，
美在为民不怕累。
风风雨雨皆遮挡，
困困弱弱全部为。
老老幼幼都宝贝，
村村户户得实惠。
哪怕天天白加黑，
为民永远都不累。

爱在天地间

——东源县"双到"扶贫有感

鹏源山水连，
东江一线牵。
客乡几万里，
人美歌亦甜。
今日共发展，
规划到户田。
责任永不忘，
爱在天地间。

蝶恋花·春到渔村

　　罗湖桥头迎翠柳。
　　春到渔村，处处欢歌奏。
　　代代伟人挥巨手，
　　疍家世世奔康走。

　　月亮湾前波碧透。
　　福满渔村，人人高翘首。
　　中国梦唱惊宇宙，
　　大美南澳前程秀。

　　【注】2014年6月11日上午，南澳机关、社区党组织书记、社区股份公司董事长在党工委姜红书记带领下赴深圳改革创新之路缩影——罗湖区渔民村学习交流。此行是在习近平总书记2012年12月8日视察渔民村后我市首个街道学习团，拉开了南澳向身边先进学、学身边先进活动，不断推动深化改革的序幕。

南澳警察印象

太阳底下黑黝黝，
警徽闪耀精神抖。
七尺男儿腰板壮，
人群之中数风流。
南澳渔民多少事，
桩桩件件记心头。
渔霸悍匪够胆来，
敢叫个个无处溜。

大鹏——多元文化的萌芽

今天的中国

与世界有很多的交流

华夏的强大

吸引了世界更多的目光

大鹏更是可爱特别的地方

她的家

不断汇聚世界各地的文化

她听到的语言

看到的习俗

感到的意识

已改变着空气的味道

浓郁着本土的文化

这不是梦想 不是神话

这里的誓言可以轻松地实现

一捧海水几朵浪花

不管肤色 不拒异域的呢喃

自由女神 航海文化

南洋生活 红砖青瓦

我们总是在凝听 盼望

人在大鹏

走遍天涯

看明天朝阳今日晚霞

开开心心地生活

压抑不住直冒军语话①

和着掌声看着鱼灯舞

Happy new year 圣诞快乐

伴着山歌 在风中散开

可亲可敬的每一刹那

和谐 合作 共赢

这个必然的主题

浪花不住鼓掌

就是神奇

这不变的多元文化

---

① 军语话：军语或军话，亦称大鹏话，是大鹏的一种特殊方言。军话起源于大鹏所城。所城军士是来自南粤各地的广府人和客家人，而军官多为北方人，出于交流需要，逐渐形成了一种流行于军营和屯田家属中的方言。它杂糅粤语、客家话和北方语言。

侨乡铁军赞

有一个名字叫铁军
他的美名传华夏
有一个名字叫铁军
他的威名震天下
有一个名字叫铁军
他的将士出农家
有一个名字叫铁军
他的战功人人夸

有一支队伍叫铁军
他的战士讲白话
有一支队伍叫铁军
他的战斗日寇怕
有一支队伍叫铁军
他的足迹遍天涯
有一支队伍叫铁军
他的北撤为中华

有一个人群叫铁军
他的身世苦菜花
有一个人群叫铁军
他的儿女志气大
有一个人群叫铁军
他的奋斗西洋跨
有一个人群叫铁军
他的奋斗累算啥

有一种精神叫铁军
他的家园浪拍沙
有一种精神叫铁军
他的侨爱从心发
有一种精神叫铁军
他的改革把根扎
有一种精神叫铁军
他的未来美如画

问　海

——赴南澳东山社区鹿嘴山庄问海崖调研所记

我问天
天有多高
天高云可攀

我问地
地有多厚
地厚金可换

我问水
水有多深
水深龙可翻

我问人
人有多勤
人勤梦可圆

我问情
情有多长
情长爱可伴

我问海
海有多宽
海宽鱼可欢

鱼曰
问海
海曰
海阔凭鱼恋

一靠群众一万年

一山一水一洞天
一巧仙子一奇缘

一草一木一桑梓
一心呵护一生牵

一针一线一冷暖
一份真情一誓言

一朝一夕一社稷
一靠群众一万年

【注】"一切为了群众，一切依靠群众，从群众中来，到群众中去"是我们党的根本工作路线。此诗是对党的根本工作路线的感悟。

临别赠大鹏海外同乡会友人

（一）

大鹏美景已依稀，
所城炊烟成记忆。
观音香火随风散，
王母泥土揣兜底。
积贫积弱下西洋，
发愤图强志不移。
喜看今日春风吹，
深情款款回故里。

（二）

大雁南飞人北望，
万里长空尽家乡。
皑皑白雪铺长城，
滚滚白浪跃长江。
莘莘学子思图强，
大鹏儿女谁人挡。
放眼寰球有奇志，
为我华夏立东方。

追梦较场尾[①]

——"较场尾之恋"国际沙滩音乐会随想

我追寻梦想
在那遥远的星空
等待凝望飞逝的流星
盼它照亮追梦的路程

我驾起波涛的钢琴
期待天籁的琴声
在琴声中走进追寻的梦境
我看见了你的笑容
妩媚柔顺
隐映在半月形沙滩
用自由灿烂的笑靥
送给我天边的彩虹

我的梦谁在弹 谁在听
驿动的心奔放欢跳
在彩云之上

---

　① 较场尾：较场尾是深圳市大鹏新区鹏城社区唯一一条有海岸线的古村。这里集聚着一批热爱海上运动的年轻人。他们在此扬帆起航，玩转各种海上运动。较场尾民宿客栈群散布在古城小巷间。

和着春天的憧憬
我的梦谁酩酊 谁在醒
愉悦的情畅快流淌
在蓝天之下
伴着秋天的收成

我看见了你
伫立在半月形沙滩等我
用不了的一世情
陪我看此起彼伏的焰火
照亮寂寞的旅行
我看到了你
飞翔在较场尾天空等我
用画山秀水的美丽
伴我听恢弘动人的乐章
滋润干涸的心灵

守一处风景
在美丽的较场尾
一如你的等待
开始我追梦的旅程
守一份深情
在自由的较场尾
一如你的陪伴
写满我圆梦的历程

南澳抗战英雄赞

南澳抗战英雄赞，
荡气回肠山海间。
红云飞渡七十载，
往事历历忆华年。

七娘山峻住神仙，
马料河边开杜鹃。
世代疍家亲碧浪，
渔舟唱晚歌声甜。

华夏自古崇礼仪，
岭南儿女心地宽。
尊贤重教承方略，
岂容倭寇侵海湾。

敌设岗楼又设关，
毁我庄稼毁我田。
横行乡里人人恨，
渔刀出鞘贼胆寒。

日寇来犯有天眼，
烽火台上点狼烟。
南粤丛林风云起，
军民斗志比铁坚。

水生埋伏高山下，
不见鬼子不挂弦。
二张率众潜夜色，
茫茫大海把敌歼。

鸡公笃里兵工厂，
南蛇村中电波传。
拂晓枪声惊天地，
前进报奏凯歌还。

抚今追昔多感慨，
千帆竞过浪翩跹。
先辈遗留强国梦，
跃马鹏澳开新篇。

【注】大鹏新区南澳街道办事处举办系列活动，隆重纪念中国人民抗日战争暨世界反法西斯战争胜利70周年，谨以此诗向南澳抗战英雄致敬。

红心向阳

——观2015年"9·3"胜利日阅兵有感

笑看寰宇济世长，
云海翻腾御青黄。
当年穷寇猖狂意，
今日雄狮威名扬。
滚滚铁流盖天地，
闪闪银鹰啸穹苍。
红心向阳百花艳，
军强民欢神州祥。

第二辑

大鹏乘风举翼

大鹏一日同风起，扶摇直上九万里。

——唐·李白《上李邕》

大鹏飞翔的地方

大鹏飞翔的地方
在祖国如画的东南疆
碧海连天无边的波浪
任凭大鹏自由地翱翔

大鹏飞翔的地方
在拓荒牛奋蹄的沃土上
五湖四海的创业者
谱写神话般壮丽的篇章

大鹏飞翔的地方
在瞭望世界的窗口上
改革开放掀起的风浪
练就大鹏坚实的翅膀

大鹏飞翔的地方
在青春火热的战场上
高高飘扬的旗帜
托起民族复兴的向往

啊 大鹏飞翔的地方
澎湃着祖辈的梦想
大鹏飞翔的那一刻
正迎着更加强盛的希望

我的大鹏和我

我的大鹏和我
就像母亲对孩子的期盼
七娘山顶的每一朵白云
都是母亲的深情呼唤
每当一阵春风吹过
就送来母亲亲切的呢喃

我的大鹏和我
就像土地对种子的顾恋
王母河边的每一寸土地
都给种子最真的温暖
每当一阵春雨飘过
就送来最甘甜的浇灌

我的大鹏和我
就像故乡对游子的挂牵
玫瑰海岸的每一朵浪花
都映衬故乡如画的蓝天
每当一声春雷响起
就送来故乡最美的祝愿

我的大鹏和我
生生世世相连
相依相偎情不断
我的大鹏和我
永永远远相伴
相痴相恋不了缘

大鹏干部好作风

大鹏干部好作风,
开拓创新不甘庸。
开山炮响筑新路,
实验田头学英雄。
敢闯敢试敢为先,
求真求实求大同。
山欢海笑歌盛世,
世界美景挂苍穹。

南澳大讲堂①
——写在南澳大讲堂开班之际

南澳大讲堂，春天里开讲。
千古经史文，当今互联网。
纵横东西方，穿越时空长。
明礼又诚信，幸福加健康。

着眼大发展，责任要加强。
开班第一课，中国梦先上。
南澳独一隅，山水美名扬。
新区走新路，改革促领航。

① "南澳大讲堂"是南澳街道办事处弘扬人文精神、发展公共文化、丰富居民生活、提升城市品位的一个载体。办事处将党的群众路线与"南澳大讲堂"结合，邀请专家学者开展了学习焦裕禄精神、践行社会主义核心价值观等一系列讲座。

大鹏诗人诵大鹏

大鹏诗人诵大鹏，
小城碧玉绽雍容。
人文诗词六百载，
古镇歌赋世代崇。
生态独尊天地人，
家园尤喜风雅颂。
旅游吟盼南北客，
圣境唱望东西涌。

【注】盛世逢诗会，喜不自禁，畅想我新区真乃"大鹏小城、人文古镇、生态家园、旅游圣境"，遂以此赋诗一首以贺。

写给新区①旅游协会成立

大鹏无限好风光，
桃花半岛人向往。
观音七娘山连山，
鹏湾亚湾港接港。
东涌西涌赛天堂，
上洞下洞鱼米乡。
民风民俗民生事，
旅游观光第一桩。

① 新区：大鹏新区

为大鹏商会成立十五周年而题

大风起兮六百年，
鹏飞鲲跃所城天。
商贾名豪济世困，
会聚人心齐举贤。
十方来财须苦干，
五谷丰登靠勤俭。
周情孔思育后辈，
年久日深德今见。

你就是她

——写给大鹏新区十大重点工程开工

你添一抔土我加一块瓦
亲爱的工地快开花
我们日夜想念你
就像天天梦中的她

三十二年前的开山炮
今天依稀还在耳
大鹏的老人干得欢
个个都把蛇口的经验夸

老人现在常回家
想来是这些工地太牵挂
当年勇敢闯一闯
何止是空谈误国实干兴邦话

工友们眼明心亮干劲大
不惜汗水不畏铁锹把
心里憋着一股劲
真的是要把当年的豪气发

小王快人快语开话匣
都是一样的人
三天一层楼谁个怕
"深圳速度"大鹏也要安个家

小张姑娘羞答答
盖高楼像绣花
我们一定要把质量抓

吊车师父上面在喊话
我们是在建设新区的国际化
高端化精品化
看看我站得高才看得远啊

大老李一抬头
黑红的脸上咧开大嘴巴
嘿嘿嘿赶快干吧
我要多挣钱要不回家老婆骂
工地上霎时笑哈哈

小鸟在歌唱天空出彩霞
亲爱的工地啊
是否听到工友们的话
机器轰鸣号声喧哗
共同为春天的故事继写繁华

大鹏的山水

养育了我们的根 我们的魂

生生不息的文化

祖祖辈辈传承 子子孙孙光大

这些可爱的工地啊

就是迈向新纪元昂扬的步伐

我们都爱你

你就是她

我们都爱你

你就是她

大鹏社工赞

我喜欢用这样的字眼
去讴歌社工
你们是
社会管理的润滑剂
文明进步的轻骑兵
现代生活方式的领航者
和谐社会的生力军
你们是新区第一代
人文的先行者
新现代的崛起人

从今天起
做一个大鹏社工
不论啥身份
我们是同工
志同道合者
不论老少困弱近亲远邻
我们都是一家人

从现在起
个个都是新区人
人人争当建设者
去发展创造
去奉献青春
去携手探究服务新模式
去共同分享文明新成果
去实现追梦圆梦的民族复兴
只为了我的乡亲
只为了我的你的
社会建设这项伟大工程

梦在远方

——为葵涌中心小学而歌

当年东纵出征的地方，
是我美丽富饶的家乡。
从小爱听英雄的故事，
明礼好学，热爱祖国，
在知识的天空上展翅翱翔。

如今大鹏起飞的地方，
是我春天长驻的家乡。
从小迈开探索的脚步，
用心启智，报效祖国，
在广阔的山海间扬帆远航。

明礼好学，志在飞翔。
用心启智，梦在远方。
我们在山海的怀抱里幸福成长。

怒放的生命

——观"助残日"才艺表演有感

繁华的大街上
汽笛轰鸣
他们用双手紧捂着耳朵
他们听见了
这个怎能有
命运之神已拿走了他们的声音

他们舒展着强健的四肢奔跑着
奋力的 汗珠已淋漓了全身
眼光中荡漾着亲人的关爱
随着泪水又模糊着神经
浸透着全身

他们再次扭动腰肢
奋力挥舞大声地呼喊
我听见 我来了
泪水模糊了我的眼 这是他们
这是他们将感动感谢感恩凝成了
怒放的生命

为南澳流动社康而歌

一道道山来一道道岭
十八里弯路到村边
大榕树枝头随风舞
荔枝想念羞红脸

抬头又见呵我亲的人
满怀着欢喜走上前
手握着手心问长短
亲亲热热又相见

大叔的身体呀可硬朗
上次的药剂可服完
大娘的腰背怎么样
今天感觉可有变

小娃娃团团暖围车转
涨红着小脸要糖丸
护士姐姐弯下了腰
笑着叮嘱别嘴馋

老村长那头啊高声喊
村东的大哥气又喘
赶紧收拾好快步赶
端杯热水服药片

计生办主任哟满身汗
张家的媳妇怕吃甜
李医生号脉仔细听
报告喜讯乐翻天

日复一日啊年复一年
走街串巷从不怕远
白衣天使们常祈祷
乡亲健康我心愿

新大社区①服务中心揭牌畅想

七娘巍峨入云端，
碧浪澎湃大鹏湾。
红树林岸听涛韵，
声声欢情歌不断。
殷殷嘱托记心间，
为民乐民爱无边。
若问人间好去处，
新大社区最流连。

---

① 新大社区：深圳市大鹏新区南澳街道办事处管辖下的社区之一。2012年10月，新大社区率先建成社区服务中心并揭牌，成为大鹏新区的第一家。

南澳大讲堂之健康歌
——献给热爱健康美丽快乐的南澳人

南澳讲堂春风吹，

养生文化令人醉。

国学博大五重天①，

北洪南陈②笑语对。

限烟限酒多喝水，

迈开双腿管住嘴。

得闲常常画米字，

八段锦里壮精髓③。

与人交往和为贵，

遇事别往心里堆。

宽容沟通奉真爱，

修身养性品德美。

新鲜空气阳光晒，

七娘山下白云飞。

生活方式新概念，

幸福日子把你追。

----

① 五重天：意即国学应通达五学，包括易学、儒学、道学、岐黄学（中医）和佛学。

② 北洪南陈：在健康教育及养生文化领域中传有"北有洪昭光，南有陈晓峰"之美誉，是日陈晓峰教授亲临南澳大讲堂授课。

③ 米字、八段：米字操、八段锦皆为简便易学的健体养身操。

和您在一起

——写在大鹏新区第一届老年艺术节启动之际

和您在一起

因您是我们亲爱的父母

和您在一起

因您是和蔼可亲的老人

和您在一起

因您是功勋卓著的前辈

和您在一起

因您是敦厚善良的长君

和您在一起

因您是任怨任劳的乡亲

和您在一起

因您是改革开放的功臣

和您在一起
因您是德艺双馨的贤者
和您在一起
因您是美丽大鹏的先行

我们将奋起大鹏的翅膀
我们将实现三岛一区的理想
为什么我们充满信心
因为我们　因为我们
和您在一起

大鹏光明颂

为大鹏歌唱吧
因为我们将贫穷丢在身后方
为大鹏欢呼吧
因为绿色的城区已把未来畅想
百年的基业　千年的梦
这是今天的幸福模样

人生总是要有一次说走就走的旅行
请带我们去那大鹏飞翔的地方
天蓝蓝　海蓝蓝
巍巍七娘云中燕
人戏水　浪追人
开心民宿喜相见

人生总是要有一次奋不顾身的爱恋
请带我们去那春暖花开的桃花岛上
山青青　草青青
山歌唱出爱卿卿
凤凰花开凤凰来
所城姑娘笑吟吟

人生总是要有一次说做就做的冲动
就让我们一起奔赴光明的大鹏吧
我来了 热情在奔放
因为光明在你身旁
我到了 激情在燃烧
因为光明是我们的向往

大鹏光明
光明大鹏
是祖祖辈辈代代人的梦想
这一天已来临
在不远处的美丽 一个叫大鹏的地方

大鹏民风赞

——观廉政小品《九村长拜寿》有感

家住大鹏好地方，
山海秀丽鱼米乡。
鹏城百里绕王母，
森林万顷藏坝光。
龙归大海龙旗展，
鹏跃蓝天鹏翱翔。
大鹏所城人如鲫，
东山古寺报吉祥。

家住大鹏好地方，
民风纯朴人善良。
峥嵘岁月勤为本，
廉政新区奔小康。
今日喜鹊枝头唱，
城南阿婆福运长。
九村长拜九十寿，
照镜正冠清气扬。

劳 动

——记南澳青年党员赴东源县"双到"扶贫①活动

东源欧屋村庄美

群峰环抱修竹帅

一泓清泉绕船流

千条榕丝迎风摆

客乡小康起步追

兰考精神志不衰

南澳青年齐携手

耕田插秧把福栽

---

① "双到"扶贫是南澳街道办事处将党的群众路线教育实践与扶贫工作紧密结合的一项特色工作。办事处分三批次组织副科级以上党员干部76人赴河源市东源县黄村镇欧屋村开展扶贫工作,将"双到"扶贫工作当作践行党的群众路线教育实践活动的"试金石",相继开展了慰问困难群众、插秧耕田、结对帮扶等一系列活动。

大鹏古城

不到古城非好汉，
立马横刀六百年。
三代五将扬威名，
倭虫小鬼闻胆寒。
而今沧海变桑田，
城南赖府重开宴。
遍插旌旗迎宾朋，
大鹏明珠耀南天。

书香画美

大风起东山，
鹏翔所城天。
书香溢迭福^①，
画美满人间。

【注】大鹏街道办事处为庆祝建党91周年，举办书画展，观后感慨良多，题诗一首以贺。

————————

① 迭福：迭福村，位于深圳市大鹏新区大鹏街道。

平安赋

——东山寺随想

平安二字值千金，
不经世事不一文。
祸福岂能都相依，
抖擞精神定乾坤。

社区开新花

青青古城下，
春枝随风划。
蝴蝶绕枝舞，
花花欲扑它。
一声鞭炮响，
花花受惊吓。
喵地一眯眼，
鹏城[①]发新芽。
音乐漫城池，
社工美如画。
男女扶老幼，
亲昵如一家。
东西南北客，
点头笑哈哈。
孕育新风尚，
社区开新花。

---

① 鹏城：指深圳市大鹏新区大鹏街道办事处鹏城社区。

南澳老干喜洋洋

——为南澳老干部金秋书画笔会而题

南澳老干喜洋洋，
虬枝绽绿梦飞扬。
重阳时节重相聚，
秋色正浓秋韵长。
笔走龙蛇写风雅，
丹青泼彩绘吉祥。
犹记当年百战苦，
赢得满天披霓裳。

【注】南澳街道办事处举办以"中国梦，南澳情"为主题的书画笔会活动，邀请书画专家及56名离退休老干部参加。作者作为南澳街道办事处老干服务中心分管领导，有幸牵头举办并参加该活动，欣喜之余，题诗以记。

听涛之歌

——贺大鹏听涛诗会①成立

七娘山下波浪高
听涛 听涛 听涛
我心汇入烟波渺
美妙 美妙 美妙

所城墙头烟云绕
听涛 听涛 听涛
我情遥寄自由鸟
风骚 风骚 风骚

较场尾里人喧闹
听涛 听涛 听涛
我意飞向蓬莱岛
逍遥 逍遥 逍遥

爱琴海舍诗仙到
醉了 醉了 醉了
我爱大鹏如爱宝
听涛 听涛 听涛

---

① 听涛诗会：系深圳市大鹏新区海派诗歌协会的前身。

我敬将军一碗酒

——大鹏新区文化周开幕有感

大鹏所城北门楼，

锣鼓喧天庆丰收。

渔家姑娘舞凉帽，

彩云之下舒广袖。

赶海阿哥背鱼篓。

高山顶上亮歌喉。

凤凰花开吉祥到，

我敬将军一碗酒。

大鹏所城南门楼，

旌旗招展迎风抖。

草龙吐珠威风显，

士兵列队震天吼。

闻得三军凯旋归，

率众夹道恭迎候。

百姓齐齐端赖粉①，

我敬将军一碗酒。

---

① 赖粉：一种米粉的名称。

为东方阳光①而作

东方欲晓阳光照，
大鹏湾涌读书潮。
民族振兴靠教育，
七娘山下人欢笑。

---

① 东方阳光：深圳市一家教育机构的名称，在大鹏新区设有分支机构。

鹏马①迎新欢乐到

——贺首届大鹏新区新年马拉松赛

鹏马迎新欢乐到，
万马奔腾画中跑。
快马加鞭山海让，
一马当先丛中笑。
龙马精神贺岁早，
汗马功劳生态保。
天马行空大鹏梦，
金马踏春数英豪。

① 鹏马：大鹏新区新年马拉松赛简称"鹏马"。

社区览胜

冷杉挺，水柳摇，
雾后杭城竞妖娆。
青石板，灰白墙，
西湖岸边人欢笑。
千迢迢，万迢迢，
为民服务第一条。
大鹏城，上城区，
社区建设民呼好。

【注】2013年12月赴浙江大学参加社会建设专题学习班学习有感。

球　赋①

——观南澳"国庆杯"篮球赛偶得

开球　开球
南澳迎金秋
全民健身好
社区勇当头

传球　传球
团队精神抖
急步如流星
挥臂似云骤

投球　投球
快乐驱烦忧
弧线媲虹彩
情投意悠悠

进球　进球
健康齐追求
连中三元赞
文明最风流

【注】南澳街道办事处2014年"国庆杯"男子篮球比赛决赛中，办事处李国伟主任亲往观赛并为比赛开球，南隆、新大社区分获冠、亚军。是为记。

----

① 球赋：也喻谐音"求富"之意。

玫瑰之约

——写在首届中国婚俗文化旅游论坛成功举办之际

玫瑰之约记心田，
山盟海誓动人间。
幸福生活情所系，
感受浪漫比蜜甜。
又逢盛世新风传，
婚俗产业挂云帆。
大鹏海岸风雷起，
情牵文化总在先。

我是大鹏人

我是大鹏人
我是一个大鹏人
豪情万丈拔地起
双翅迎风冲云霄
飞翔的信念不动摇

我是大鹏人
回望历史几沧桑
生离死别亦寻常
远渡重洋为国强

我是大鹏人
松枝劲浩如日月
梅花傲骨写春秋
一任寒冬冷霜侵

我是大鹏人
三岛战略绘蓝图
生态文明今胜昔
幸福平安天地久

大鹏人
泱泱华夏好儿孙
大鹏人
走遍四海望家乡
先辈赐我一身胆
雄心誓为大鹏人

你和我共同携手绘明天
做一个幸幸福福
健健康康
快快乐乐
大鹏人

大鹏"利剑"仰天笑

大鹏利剑仰天笑，
忠诚为民不辞劳。
晨起不怕露水重，
天黑岂惧风浪高。

东山顶上守山道，
西涌滩头扎岗哨。
三百平方吉祥地，
夜夜坚守桃花岛。

太平清醮①赋

天空之城天许愿，
后生载德马奔腾。
元日祭台四方乐，
君风仁爱万木荣。
太祖慈光光八表，
平民吉照照前程。
清音习习闻仙乐，
醮祈声声康泰宁。

① 2014年2月14日至20日，大鹏所城举行打醮纪念先辈。打醮纪念活动
每5年举行一次。所城的太平清醮，据说已有几百年历史，但曾中断了几十
年，至20世纪80年代后才复办，并于2007年以"大鹏追念先烈习俗"的名义，
被列入广东省第二批省级非物质文化遗产名录。

为深圳海军机动雷达观通营而题

深远辽阔东南疆，
圳河翻浪连香江。
海风阵阵雄师吼，
军威浩浩立东方。
观天观地千里眼，
通风通雨耳灵光。
营房上空飘云彩，
喜报飞向党中央。

为大鹏旅游协会团队赴边疆而题

大鹏展翅帕米尔①，
碧海雪域同一家。
红其拉甫②满是爱，
莽原情深卫中华。

————————

① 帕米尔：帕米尔高原，地处中亚东南部、中国的最西端，横跨塔吉克斯坦、中国和阿富汗，是亚洲多个主要山脉的汇集处，平均海拔4000米-7700米，号称亚洲大陆地区的屋脊。

② 红其拉甫：红其拉甫口岸位于中国新疆喀什地区塔什库尔干塔吉克自治县境内，海拔4733米，是世界上海拔最高的口岸。红其拉甫风光壮美，但由于生存环境恶劣而素有"死亡山谷"之称。

致侨港葵涌同乡会六十七周年

侨字情义重千斤，
港岛天际飘乡音。
葵花向阳时时乐，
涌水朝湾日日欣。
同心同德赛黄金，
乡力齐聚大业兴。
会当临风和国韵，
好梦共圆华夏情。

浪花芦花一样美

——献给大鹏建设者之歌

大鹏是个好地方，
碧海翻腾浪花扬。
打工小伙心欢喜，
唱着山歌赶海忙。

去年告别咱家乡，
怀揣梦想闯南方。
芦花飘飞漫天舞，
叫我不忍回头望。

海风阵阵似螺号，
浪花朵朵映吉祥。
遥思芦花满眶泪，
湖畔芦苇遍地香。

浪花芦花一样美，
爱在心头不能忘。
三岛一区起宏图，
建设新区新气象。

共同挥笔写大鹏

——答谢媒体友人

你用你的笔
报道新大鹏
大鹏美景收眼底
山海风光迎宾朋

他用他的情
歌唱新大鹏
建设家园靠双手
原野希望正升腾

我用我的心
创造新大鹏
三岛战略绘蓝图
幸福大鹏早圆梦

你我一起来
同把热情奉
迎着朝阳展朝气
披着晚霞送晚风

夙夜在公忙
长辔远驰骋
用心用情用真爱
共同挥笔写大鹏

九里香①开了

——为大鹏新区纪检监察审计事业而歌

朝着巍巍的七娘山

春天我们起航

在美丽大鹏唱响的路上

责任和着汗水

使命伴着希望

九里香开了

新区的每一寸土地都闪耀着荣光

朝着无垠的大鹏湾

夏天我们起航

在三岛一区扬帆的路上

公正承载清廉

纪律孕育优良

九里香开了

新区的每一寸土地都有清风荡漾

---

① 九里香：大鹏地区群众喜爱的一种植物，家家户户种植于庭院之中，向阳生长。据《本草纲目》载，九里香可消瘴排毒，盛开如白莲，清香似幽兰。

朝着甜蜜的玫瑰海岸

秋天我们起航

在生态立区奏响的路上

法制壮哉国威

改革实现小康

九里香开了

新区的每一寸土地都蓬勃着富强

朝着青春的较场尾

冬天我们起航

在保护发展奋进的路上

惩恶不忘扬善

忠诚连着理想

新区的每一寸土地都有卫士的热血奔放

九里香开了

我们枕戈待旦昼夜起航

九里香开了

我们匡扶正义惩腐锄强

新区的每一寸土地都是九里香怒放的土壤

种杨梅

如花小院春风醉，
山海欢情客喜追。
无穷碧海浪招手，
万里长空云盼归。
年年南澳观灯舞，
岁岁东山看神龟。
试问嫦娥今何往？
七娘山下种杨梅。

【注】春暖花开，适逢大鹏新区南澳街道办事处种植数千株杨梅，题诗
以贺。

第三辑
践行基层走笔

合抱之木，生于毫末；九层之台，起于累土；
千里之行，始于足下。

——春秋·《老子》

到大鹏去

——调赴大鹏新区工作抒怀

到大鹏去 到大鹏去

我的心啊

莫要这么厉害地跳

我来了 正奔向你

大鹏 我心中的骄傲

多少回梦里呼唤你

徜徉在你的怀抱

想着就要见到你

怎不心旌荡摇

老爷爷告诉我

六千年前我们的祖先

已在咸头岭①迎风听涛

老奶奶告诉我

六百年前一队队士兵

迎着朝阳天天在出操

---

① 咸头岭：咸头岭遗址，位于深圳市大鹏新区，距今6000～7000年，年代为新石器时代中期。是深圳乃至环珠江口地区最重要的新石器遗存，也是深圳地区迄今发现最早有人类活动的遗迹，被考古界称为"咸头岭文化"。

亲爱的大哥说

大鹏所城①的城墙真高

一只小鸟想要飞上去还歇了几次脚

慈祥的大嫂讲

东山古寺②的香火真旺

三百六十五天夜夜上云霄

小伙子真贫嘴

总说全世界的姑娘

就是我们大鹏的细妹俏

大姑娘抿嘴嘻嘻笑

走遍天涯海角

除了大鹏湾的小伙子

我都不要

细仔小妮呵　你别闹

不要在我的梦中吵

我就要飞奔而来　将你们

紧紧拥抱

---

① 大鹏所城：位于深圳市大鹏新区，始建于明洪武二十七年（1394），
为广州左卫千户张斌开所筑，是明代为了抗击倭寇而设立的"大鹏守御千户所
城"，简称"大鹏所城"。

② 东山古寺：大鹏东山寺，位于大鹏湾畔的龙头山腰，俯瞰大亚湾，背
山面海，风景极为幽雅绮丽。据清康熙《新安县志》中记载："东山寺，在大
鹏所东门外山上，中为观音堂，左为上帝殿，右文昌阁，前三宝殿。"

到大鹏去 到大鹏去
我的心啊 你莫这么厉害地跳
大鹏 现实的桃花源
正等着我去报到

看你的山
观音①排牙②七娘③
座座高入云 天天彩霞照
看你的海
大鹏湾 大亚湾 玫瑰海岸
怎么到处人挤人拥像海潮

浪漫东西涌啊
八大最美海滩光环映照
漫步红树林 牵手情人桥
呢喃轻轻唱 晚霞似火烧
甜蜜又美妙

---

① 观音：观音山，位于深圳市大鹏新区，原名龙岩山，因山上的观音寺庙又称观音山。据龙岩古寺碑文云，此寺始建于清代同治年间（1862~1874），光绪三十四年（1908）重修。

② 排牙：排牙山，位于深圳市大鹏新区，为大鹏半岛北岛的主要组成山脉，海拔707米（深圳第六高峰）。该山三面环海，山石嶙峋，景色极佳。

③ 七娘：七娘山，位于深圳市大鹏新区南澳街道办事处新大村，是大鹏半岛南岛的主要山峰，海拔869米，是深圳市内山脉中仅次于梧桐山的第二高峰。山中森林茂盛，保存着未经人为破坏的常绿阔叶林，由于七娘山雨量充沛，云雾易于形成，云峰在无边无际的云海中穿梭，景象瞬息万变。

又见一群人　扎堆在嬉闹
你点一只蟹　他把龙虾挑
开怀打牙祭
忘了风中自己还光着腰
你看你看　谁在浪里笑
一艘艘游船
劈风斩浪　真的很妖娆
不要急不要闹
咱们也排队上船去赛跑

我的天
我的船向着大海深处
向着云里飘
可以放声吗　我的船
让我把心底的歌
迎着朝阳　朝着彩霞
放飞在大鹏的天际
久久萦绕

到大鹏去　到大鹏去
我的心啊
莫要这么厉害地跳
让我深情地拥抱你
我心中的大鹏
我心中的骄傲

东山焕发新气象

——东山社区开放式党课有感

春风习习入华堂，

社区党员听课忙。

小鸟喳喳窗口看，

声声入耳慰心房。

基本理论真先进，

形势任务确紧张。

一户一栋大实事，

一问一答小考场。

台上台下齐互动，

学习实践共成长。

惠民创业靠实干，

东山焕发新气象。

【注】2014年7月3日，作者作为东山社区第一书记去东山社区上党课，创新讲课方式，由党员提问，作者回答，并共同探讨社区党建发展，目的是使党课更加生动活泼。不是为了多创新，只为党员更爱听。并附：诗人罗育灿友情酬唱诗一首——

春风送暖到东山，教育党员放眼看。

问答课堂谈实践，为民办事作标杆。

互联互动氛围好，知底知根鸥鹭欢。

探索真知求灼见，创新美景水云间。

云的故乡

——赴基层工作首日随感

那一日
我停止拍动所有的羽毛
从天而降
在天上我没有一席之地
真的，没有一席之地
可是我也不是一种灵光
亲爱的，我不是一种灵光
不为穿越
只为触摸你的温柔
因为你是
云的故乡

同心乾坤大

——写在"民生体验日"①之际

青山大海间
丽日蓝天下
同把渔舟荡
共把家常拉

春播千层绿
绿意满枝丫
夏种万亩苗
田畴飘稻花

南澳拂清风
千里铺银沙
八方客如云
笑迎扶一把

---

① "民生体验日"是党的群众路线教育实践活动的重要部分之一。南澳街道办事处15名班子成员以群众和工作人员两种身份到社区办事大厅、信访窗口等，下社区、下部门、下基层体验民生。

馥郁满溪谷
清冽顺流下
闲暇迎宾远
来此即为家

张伯住海边
屋外风雨刮
一阵敲门声
送来热糍粑

门前路灯暗
阿婆有点怕
立即抓整改
邻里跷指夸

渔哥刚上岸
急步社区跨
心忧证到期
同志已签发

大鹏天下秀
山水美如画
共沐世间月
同心乾坤大

东山起

——挂任南澳街道东山社区第一书记抒怀

云涛奔涌高岭立，
沙埔飞霞游客喜。
杨梅仙谷铺天路，
桔钓^①细沙踏浪骑。
一碓二碓^②碓如金，
大雁鸿雁雁来吉。
荔枝山上放声唱，
春风化雨东山起。

---

① 桔钓：指桔钓沙，位于南澳街道办事处，三面青山相拥，是深圳市最美的沙滩之一。这里沙滩很大，呈月牙状，沙粒很细很白，故有"银滩"之称。

② "一碓""二碓"分别指南澳办事处东山社区的大碓一组居民小组和大碓二组居民小组。此外，诗中所提的高岭、沙埔、杨梅坑、荔枝山及东山均为东山社区所属的居民小组，共7个。

七律·十七勇士守杨梅①

火红烈日洒金辉，
峻岭七娘霞彩飞。
大海无穷无尽碧，
云烟浩瀚浩气吹。
九州仙鹤同聚会，
四海游人乐扎堆。
滚滚车流如浪卷，
十七勇士守杨梅。

---

① 为加强杨梅坑综合整治力度，保证该片区交通畅顺，特组建了杨梅坑交通协管分队，由17人组成，风雨无阻，日夜坚守，成效明显。

杨梅坑，远还是不远①

总想与你相见
在每个日出
每个飞霞的傍晚

见过你的海碧
见过你的天蓝
见过你的道绿
尝过你的杨梅鲜
从此像吸食了精神鸦片

相见的路程不遥远
从深圳莲花山出发
八十码的速度
也不过半个时辰
短短的一瞬间

————————

① 此为作者杨梅坑工作日记之一，杨梅坑日记系列共22篇，创作于杨梅坑周末轮班执勤工作期间。结合旅游旺季需求，从"五一"到"十一"共22个周末，南澳街道办事处组织全体公职人员下到东涌西涌、杨梅坑、国家地质公园等人流量大的景区一线，从事交通疏导、环境卫生、旅游安全及应急事务等公共管理。其时作者为杨梅坑片区周末轮班的负责人。

痴念不是病
病了也痴念
逶迤的山道　秀丽的海岸
杨梅坑
已深深印在心田

一小时生活圈
梦境中现代生活方式
新的起飞点
任凭无奈的拥堵
也赶不走冲动的苦恋

相见的路途不舒坦
百里的路途　千万的车辆
如潮的人群　随性的垃圾
或成心头坠落的秋叶
轻飘飘，却沉甸甸

杨梅坑，不远
抬足之间
杨梅坑，很远
天地之间
杨梅坑，远还是不远——
你我行为之间！

大鹏值班抗"天兔"①

大鹏值班抗天兔，
天兔兜转走弯路。
弯路也是超强风，
强风难耐真守护。
守护平安我责任，
责任到位忌心粗。
心粗立改查危房，
危房撤离忙加固。
加固边坡和海堤，
海堤坚强站稳步。
稳步靠前战风雨，
风雨过后绘蓝图。

---

① 天兔：2013年第19号超强台风，于9月22日由广东汕尾市沿海地区登陆，是近40年以来登陆粤东最强的台风。

四海宾朋展笑颜

——记南澳街道办事处奋战一号令①

三月三，明媚天

春潮涌动大鹏湾

一号令，锣鼓喧

千军上阵鼓风帆

新大村，东山岸

马蹄哒哒赴前沿

保畅通，环境变

四海宾朋展笑颜

---

① 2014年新年伊始，大鹏新区颁发一号重点工作政令书，南澳街道办事处2014年要完成环国家地质公园区域（东山、新大片区）综合整治工作。

时间都去哪儿了

——贯彻大鹏新区一号政令所感

东山顶上绿无涯
南海扬波拍银沙
杨梅坑里杨梅俏
游人扎堆乐开花

大道虽宽不畅达
满街汽车鸣喇叭
急煞一队志愿者
风里雨里呵护它

时间都去哪儿了
白天黑夜紧巴巴
清运垃圾忙不停
姐妹切莫随手撒

时间都去哪儿了
晴天雨天不松垮
分流车辆如穿梭
哥们车头别乱爬

时间都去哪儿了
一号政令决心大
整治环境法规严
执行还得咬咬牙

时间都去哪儿了
疏导公交管自驾
交通安全责任重
挺起胸膛当警察

时间都去哪儿了
争分夺秒为万家
新区建设要起飞
众志成城是马达

观南澳赛龙舟有感

山清水秀大海美，
阳光明媚群山巍。
四乡八邻赛龙舟，
男女老少竞助威。
鼓若雷霆冲天擂，
桨似雁翅贴浪飞。
旌旗招展庆凯旋，
大鹏湾畔笑语回。

我为群众推车沙

太阳公公催出发
去到杨梅喜爱的家
连月暴雨霉湿了心
性急游客来晒它

山路弯弯开满花
杨梅坑满山吐新芽
蓝蓝大海敞开了怀
枝头小鸟叫喳喳

岗位段段把兵扎
红袖章风中像火把
大巴小车牵好了手
一步一步蹦恰恰

碧浪阵阵传情话
好山好水要爱护她
道路不平须出把力
我为群众推车沙

志愿者之歌

天蓝云白海碧，
日朗风轻鸥飞。
扬帆驾舟破浪，
欢歌笑语人醉。
七娘东山鹿嘴，
花红草绿林密。
骑行游水登山，
远足吸氧洗肺。
五湖四海宾至，
大巴小车拥挤。
口哨红旗马甲，
杨梅志愿最美。

澳①中九日

——谨以此祝节日期间服务在一线的同事们国庆重阳双乐

九月九日登七娘，
秋水秋云秋意长。
南来大雁苦犹乐，
北往亲人泪盈眶。
年年九九年年放，
岁岁重阳岁岁当。
采菊东山待明月，
鲲鹏展翅寻梦乡。

---

① 澳：即南澳。

雨中漫话

雨天留给天生浪漫的人
期盼着某些意外 某些惊奇
在漫天细雨的情愫中
常常怦然心动
温情重现

雨天留给甘于寂寞的人
在浮躁中慢慢安静下来
在雨帘的背后沉默静守
语言是多余的
有了你 就足够

雨天留给善于思念的人
在晨昏时独上西楼
默默想念
将心中的挂牵一头连着雨丝
一头寄给明月

雨天留给不屈命运的人
在怀疑与挑战中
蔑视不可捉摸的神秘先生
在不妥协的反抗中
迎战骤雨暴风
撑起一片属于自己的晴天

雨天留给勤奋的杨梅坑人
扫落叶 捡土渣
清理每一个角落
给每一辆单车披挂
因为明天啊
朝霞中四方来宾需要一个
清洁美丽的家

杨梅的使者

翻越了万水千山
寻着七仙女羽化的方向
来到了梦中的杨梅坑
这是甜蜜杨梅的故乡
清冽的山泉从梅林经过
带着梅香流向海洋
大海扬起浪花敞开怀抱
和着仙乐在杨梅脚下欢唱
时光流转四季变换
繁忙的人们从繁忙中觉醒
欢情的山水用欢情来欢迎
于是
风雨阴晴中走来一队人
在川流的杨梅坑展示着文明的形象

Blue的畅想

Blue blue
蓝色 蓝色的音符
跳跃在山海云天之间
像一阵透明的风
吹遍人们的视野
Blue是一分恬静
均匀地涂抹在生活的画卷
Blue是一分安宁
静静地开放在无人的旷野

Blue blue
忧郁 忧郁的嗓音
如四季不停变换的行板
踟蹰地在大自然中流淌
Blue是一种颜色
映衬着你的世界
Blue是一种情愫
浇灌着你的心灵
Blue是我们的家园
从小时就在blue的世界里游走

一直到游出blue
行走在天地间
然后在blue的天空下
纵情歌唱

Blue是我们的精灵
从这时起已开始怀念过往
Blue的天空
Blue的海水
Blue的窗帘和天花板
慢慢地
褪色的天空灰暗了
浑浊的海水异味了
那窗帘和天花板
成了停在风中的稻草人
摇摇摆摆地连着儿时的课本
和不住的呢喃

于是blue有着blue的畅想
Blue blue
从这刻起将海边脚下
一片片纸屑
一颗颗烟蒂
一个个易拉罐
送进blue的垃圾箱
于是blue不再blue

Blue blue
渴望blue不要blue
追求blue远离blue
Blue是你此刻的心
纵使黑夜 纵使风暴
也阻挡不了
向blue进发

【注】2014年6月8日是世界海洋日，作者参加大鹏新区海洋环保相关宣传活动有感而作。作者取英文blue中蓝色和忧郁两重意思进行表达。

为谁"离骚" ①

七娘山下的杨梅坑
太阳依然高照
可我的心乱了
五月端阳
为谁离骚

两千多年的汨罗江
日夜奔流如星瀚皓皓
穿越在历史星空
让世人俯仰皆引以为傲
一个老者褴褛长髯
沿江奔走振臂呼号
惊起的鸿鹄知晓
他
为谁离骚

云白风清的杨梅坑

———————

① 《离骚》是我国古代伟大诗人屈原的代表作。关于"离骚"的含义史上争议颇多，此处取了遭遇忧愁的本义。

人头攒动炫耀
可今天我的心乱了
炙热的阳光晒枯了头发
平静的海面有些烦躁
赤条条的青年是不听话的顽童
恣意向海洋奔去，奔去
然后随海洋跑了，跑了
留下了伤感
和杨梅坑垃圾遍地的绿道

一半是美景一半是忧伤
握住的笔放下又握起
面对轰鸣的马达
拥挤的绿道
随弃的垃圾
无助的哀号
……
我的心乱了
我
为谁离骚
为谁离骚

我要飞

晴天的时候
我要飞
飞上九天云霄
将正义的阳光洒遍神州

阴天的时候
我要飞
飞上浓浓阴霾
将邪恶的乌云撕裂穿透

雨天的时候
我要飞
飞上重重水幕
将滔天的浊水从底断流

昊天①的时候
我要飞

---

① 昊天：指夏天的天空。不同季节的天空有不同称呼，春为苍天，夏为昊天，秋为旻天，冬为上天。

飞上炙热星空
将久违的甘霖播下不休

苍天的时候
我要飞
旻天、上天的时候
我要飞　我要飞
飞过年轮飞过四季
飞过沼泽飞过泥泞
飞过沧桑的历史屈辱
我要飞　我要飞
纵使天空中不留下痕迹
也要放飞和平的愿望去寰宇遨游

【注】写于"七七"纪念日，不忘国耻，携手奋斗！

建设南澳我为先

同舟共济解疑难，
风雨并肩齐向前。
改革时代阔步走，
建设南澳我为先。

杨梅一棵树

——谨以此向节日期间奋战在一线的同志们致以中秋的祝福

杨梅一棵树，
静寞海边仁。
举头向苍穹，
心思欲何诉。
天地人同秋，
四季谁共舞。
月缺复月圆，
盼君踏归途。

杨梅一棵树，
潇然风中舒。
碧波千层浪，
白云万重纛。
七娘挥彩练，
东山敲金鼓。
鹿嘴临仙客，
可是君还故。

杨梅坑只相信汗水

晒透了才叫汗滴禾下土
踢透了才叫巴西世界杯
骑透了才叫杨梅坑天堂
透了透了才称得上最棒

初一到十五 从春走到秋
春风烈日润杨梅
红了又青青了又红
熟透了 十里香

南澳连南美 凉帽媲美桑巴
红男绿女扯开了嗓
九十分钟进球梅西成榜样
七娘山仙子落错了脚
应该到巴西的球场走一趟
酷透了 响当当

鹿嘴大道海岸长
单车骑行好风光
男女老幼骑上阵

一骑到晚心里爽
星星点起一盏灯
暗夜中明明一点亮
绿道可比在球场
角球 点球 任意球
踢透了 真叫高大上

阿根廷不相信眼泪
眼泪里裹满拼搏在流淌
杨梅坑只相信汗水
汗水里涌动激情和希望

又见杨梅

又见杨梅
秋月已落　朝阳已升
宛如弦月的林荫道
伸向海那端
看着无限远

又见杨梅
海鸥惊起　大雁已还
透若碧玉的鹏湾浪
拍打岸边礁
看着多么蓝

又见杨梅
游人云集　渔船归帆
箭一般的骑行客
铺满鹿嘴大道
看着那么欢

又见杨梅

汗珠滴答 笑脸灿烂

哨兵似的红马甲

屹立在人潮中

看着都是赞

又见杨梅

杨梅又见

千里万里万语千言

你那美丽你那甘甜

时时都把心儿牵

又见杨梅

杨梅又见

千年万年万水千山

你那美丽你那甘甜

时时都把心儿牵

时时都把心儿牵……

【注】2014年9月20日，作者从井冈山学习归来，急赴牵挂中的杨梅坑，见其环境优美、秩序井然，志愿服务队员热情高涨、精神饱满，心生欢喜，遂记之。

杨梅的传说

这是尘封了几千年
我们不曾听过的传说
它从祖辈开始流传
却一直未展她的容颜
风吹过了蛮荒

雨打过了苍凉
临到登上漂泊的客船
也没有谁听过她的歌唱

七娘山的大雁
飞去又来来了又飞
东山岭的杨梅
青了又红红了再青
天然潭的溪谷哗哗
带着落叶奔向南海

开山炮的轰鸣
是离家老人①亲手点燃

---

① 离家老人：指袁庚，大鹏街道办事处王母社区人。

沸腾了大地

震彻了山那边

大雁顶下的山谷寂静

传说仍只在梦中相见

一丝亮光闪现

远去的传说仿佛一夜间

被渴望和期盼

从美丽的梦中惊醒

挣脱和捍卫

挥洒和妩媚

欲将杨梅的清凉带回自己的身边

熙熙攘攘的人

炙炙热热的天

红红火火的景

纠纠结结的心

传说开始解冻又冰封了流传

杨梅的传说在哪儿

在山海中

在呼唤里

在我们心间

七夕与杨梅

为了那一分柔情
我等上了一整年
一天吐一根丝
将思念缠成爱的花环

为了那一分挂牵
你等上了三百六十五天
一天纺一根线
将疼爱织成心的彩练

这一路太遥远
憨憨的牛郎追星赶月一程程
这一天太漫长
痴痴的织女昼夜里打湿多少枕棉

七夕的故事在天上
一年说一年不厌倦
地上的杨梅是又一个鹊桥会
都市的烦嚣向谁诉
自由美丽的相约真的很难现

可今天的杨梅让人羡
条条道路展笑颜
辛勤的人们累弯了腰
把拥挤和混乱带离大海边
四海的亲人啊才喜相见

杨梅啊美丽
七夕啊浪漫
天上的爱千里远
人间的情一步间

杨梅的春天

几回回梦里去杨梅
杨梅的春天在哪里
雄鹰翱翔大雁顶
百鸟翩飞红树林
鹿嘴大道芳草绿
海鸥黄鹂对歌行

几回回梦里去杨梅
杨梅的春天在哪里
排排椰树风中立
婆娑倩影映海面
长长堤岸闪银光
金色沙滩逗流连

几回回梦里去杨梅
杨梅的春天在哪里
颗颗杨梅挂树梢
黄皮草莓丛中笑
荔枝龙眼连成片
鲜甜甘美人称道

几回回春天去杨梅
杨梅的时光如梦里
花香遍地迎客远
栋栋民宿展新颜
平安路畅心敞亮
幸福杨梅天地间

杨梅之歌

中国
南澳
北京美
杨梅俏
香山红叶
七娘夕照
开启复兴路
建设生态岛
大梦一醉千年
小城初绽百娇
古道
新路
幸福疍家春意闹

明天会更好

万物天然造，
城老亦妖娆。
非凡同一木，
春到花枝俏。
为寻打鱼船，
此去桃花岛。
心念大鹏湾，
明天会更好。

海之声

我踏浪在辽阔的海面
像骑上奔腾的野马
惊涛在耳边轰鸣
天空辉映着云霞
是谁在呼唤过往的人
声音是多么低沉
是见到我过度兴奋
还是已不再牵挂
海水向后我向前
脚下划出一道浪花
这是渴望的眼睛
在对我一眨一眨
是告诉我昨天的故事
是在期待今天的神话
这分明是利剑划开波浪

让我听听这海之声

海之声

经历了飘零，承受了屈辱

迎来东山上的每一个黎明

等待　期盼　呼唤

海之盼愈强

海之声愈大

启　航

夜未央
天将蒙蒙亮
拂不去的思绪
促我披衣挑灯
倚窗凝望

海风频吹
海浪荡漾
微弱的灯光
穿过黑夜　熠熠闪着亮
夜正黑
仿佛明天远在天那方

朦胧中
一幅画　越来越近　越展越长
威风凛凛的船
正待大鹏湾起锚远航

一个声音在高喊
别起锚
前面风高浪急　暗礁似铁一样
一个声音在嘶叫
回来吧
大鹏湾的鱼虾肥美
何必去海上颠沛迷茫

排牙山咧着嘴
呼呼吹着风 得意地张望
七娘山在黑暗中
挺着身躯顽固阻挡
远处渐现泛白的日光

一个水手胆怯了
收回起锚的手 钻进船舱
一个大副慌张了
想起岸上的老屋
熟睡的儿女 年迈的爹娘
夜更黑 风更狂
骄傲的七娘山
伸出不见的五指
欲将船帆阻挡
黑暗中的蝙蝠
惊恐地到处乱窜 迷失方向

岸边的沙棘
仿佛也屏住呼吸
等待马达的轰鸣 浪花的飞扬

走 还是留
守 还是闯
在老船长的心中翻腾激荡
一抹霞光奋力从云层射出
撕破黑暗的网

紧眯的眼睛　在老船长脸上
渐渐地泛出亮光

1230①是起锚的密码
2015　2020②是远方的高地和疆场
品质大鹏像一首雄浑交响
更激发新区人的梦想
音乐　诗画　活力　幸福　健康
一个个激情的乐章
在大鹏天际流淌

挥舞着远古旗帜的咸头岭骑兵
喊声震天　引吭高唱
大鹏山歌的激情腔调　那么动听
还如昨天一样

所城的士兵
又在列队　迎着霞光
脚步声咣咣山响
大鹏湾畔的东山古寺啊
发出又一串亘古不变的钟声
当　当　当
六百年的悠远
此刻发出神圣的灵光

---

① 1230：大鹏新区成立之日，即2011年12月30日。
② 2015　2020：大鹏新区第一、二个五年规划年。

山呼海啸的向往
为一方热土　再续华章

胆怯的水手
羞红了黑脸
回到甲板　走出船舱
依恋的大副
抬头回望
岸边的老屋　炊烟已起
老父亲身影笔直　目光慈祥
穿梭的蝙蝠　飞回崖窟俯瞰潮涨
沙棘也开始挥手
沙沙的壮行声在晨光中回荡

再见吧　七娘　排牙
再见吧　儿女　爹娘
老船长掸掸浮尘
坚定地号令　启航

全速前进
穿越迷茫　乘风破浪
前进　前进
向着远方的未来
向着未来的远方

恋上禾钓西

禾钓西
盛长在杨梅坑海岸
长长的一种毛毛草
黄黄绿绿的
细细长长的甚是好看
摇摇的像个梦
真真对上
深深迷恋

禾钓西
扎根在贫瘠的土垣
坚韧的一种毛毛草
柔柔弱弱的
坚坚挺挺的 点缀着田园
牢牢地圈着牛羊
无怨无悔
呵护永远

禾钓西
盛长在杨梅海岸像绿色的帆
用一年年无惑的青春
陪伴着庄稼人一年年的心愿

恋上了你
恋上了禾钓西

高山流水

——有感于紫藤先生南澳大讲堂开讲并和松竹诗一首

南澳

南山

大鹏城

深圳湾

疍家船舷

文山湖畔

虔诚守山海

锐意创文产

七娘贻笑瑶池

学子造梦桃源

禾雀

紫藤

联袂诗意翩跹

遇见"美丽南澳" 遇见你

这是一处亘古未变的桃花源
这是一块正待开发的处女地
这是一场别开生面的摄影秀
这是一部恒久美丽的记忆片
这是一堂生动活泼的党建课
这是一个昂扬向上的大时代……

来吧——
拿出你的手机 按动你的快门
投入你的激情 展示你的技能
迸发你的思想 捧出你的真情
彰显你的热爱 秀出你的任性……

轻轻一想 梦见南澳美丽闪亮
轻轻一拍 看见南澳美丽气派
轻轻一走 遇见南澳美丽隽秀……
遇见"美丽南澳" 遇见你!

海风习习战旗红

海风习习战旗红，
电波滴滴破雾浓。
烽火台上狼烟起，
七娘山下斗志雄。
二张怒目如虎啸，
水生奋臂似蛟龙。
南澳渔民震天吼，
横扫东洋鬼魅虫。

永不抛锚的远航

朝霞，我们朝沧海远航

每一颗心都像快乐的引擎

从月亮湾的怀抱中起锚

把《中国梦》一路高唱

汗水浇灌责任

使命鼓动希望

洁白的浪花呵

盛开在我们结实的肩膀

一路追赶太阳，一路追赶月亮

艳阳，我们朝沧海远航

每一双手都像旋转的舵轮

用高山角的张力

把"一带一路"推向前方

公正从清廉开始

信念树纪律榜样

纯净的蓝海洋呵

洗涤了我们胸中的尘埃

一路识破暗礁，一路踏平恶浪

黄昏，我们朝沧海远航

每一眨眼都像警觉的雷达

在七娘山的指引下

对懒散贪腐寸步不让

丰收不忘耕耘

奋斗赢得小康

顶风的三角帆呵

支撑着我们挺直的脊梁

一路扫荡雾霾，一路灯塔敞亮

月色，我们朝沧海远航

每一抬足都是起跑的英姿

沿杨梅坑的溪谷

对美丽大鹏无限向往

牢记党的重托

毕生不负众望

广阔的海平线呵

呼唤着我们集结的力量

一路扬善惩恶，一路百炼成钢

从心灵的港湾出发

开始永不抛锚的远航

在南澳的天空下
樯帆是飘扬的旗帜
桅杆是耸立的理想
正义点燃热血
反腐势不可挡
神圣的党纪国法呵
是我们捕捉邪恶的罗网
一路击鼓壮行，一路鲜花怒放

卜算子·健康

盘古开天地，
健康堪最极，
天人合一炼与修，
昂扬筋骨气。

辽阔大鹏湾，
碧水增春意，
健步登高游大海，
无穷战斗力。

东山元夕
——东山社区元宵举办邻里节寄望

东山东月东园情，
元夕元宵元日新。
玉树玉影玉人舞，
美轮美奂美乡邻。
勤风勤雨勤古今，
育才育德育杰英。
祈福祈愿祈昌运，
顺意顺景顺民心。

第四辑
放歌山海风流

晴空一鹤排云上，便引诗情到碧霄。

——唐·刘禹锡《秋词》

我把诗情寄大鹏

我把诗情寄大鹏，
大鹏山水万千重。
晨起东山飞霞彩，
晚赴所城明月中。
把壶续酒酒神赞，
提笔赋诗诗仙同。
六百余年风骚在，
今为新区豪情纵。

如果我在大鹏遇见你

如果我在大鹏遇见你
一定带你去春暖花开的客栈
冲浪 骑车 烧烤
"从明天起 做一个幸福的人 喂马 劈柴 周游世界"
陪你到天亮

如果我在大鹏遇见你
一定带你去千年的大鹏所城
登楼 品酒 穿巷
"往事越千年 魏武挥鞭 东临碣石有遗篇"
陪你去感怀

如果我在大鹏遇见你
一定带你去千年的东山古寺
敬香 参禅 素餐
"不向东山久 蔷薇几度花 白云还自散 明月落谁家"
陪你问明月

如果我在大鹏遇见你
一定带你去八大最美海滩的西涌
游水 捕鱼 荡舟
"长风破浪会有时 直挂云帆济沧海"
陪你追海浪

如果我在大鹏遇见你
一定带你去七娘山下的国家地质公园①
探幽 攀岩 登高
"大鹏一日同风起 扶摇直上九万里"
陪你向天笑

如果我在大鹏遇见你
一定带你去鹿嘴山庄②尽头的高山角③
观海 度假 越野
"自信人生二百年 会当击水三千里"
陪你竞妖娆

如果我在大鹏遇见你
一定带你去浪漫的玫瑰海岸
山盟 海誓 婚典
"但愿人长久 千里共婵娟"
陪你祝人圆

---

① 国家地质公园：位于大鹏半岛，园区面积150平方公里，地质遗迹保护区范围56.3平方公里。地质遗迹景观资源以古火山遗迹和海岸地貌为主体，兼有典型的火山岩相剖面，古生物产地（包括古文化遗址）、断层褶皱构造、瀑布跌水、崩塌地质遗迹、海底珊瑚礁等。

② 鹿嘴山庄：深圳南澳鹿嘴山庄度假村，位于深圳市大鹏新区南澳街道办杨梅坑村，是深圳最东端的度假胜地。

③ 高山角：处于大鹏半岛的最东端，鹿嘴山庄小路的尽头。高山角伸入海中，有"蟹岩"立于其上，海拔212米，是南澳观海、听涛、看日出的最佳位置。

如果我在大鹏遇见你
一定带你去金沙湾①去柚柑湾②较场尾
看海天一色
海边放烟花

如果我在大鹏遇见你
一定带你去沙渔涌③去海鲜街俊华园④
品各色美食
聊发吃货狂

如果我在大鹏遇见你
一定带你去观音山去坝光村官湖亭
看沧桑巨变
让幸福流淌

如果我在大鹏遇见你
一定陪你去想去的地方
赋予你激情热烈奔放
任由你缠绵地久天长

---

① 金沙湾：金沙湾海滨旅游度假区位于深圳市大鹏新区大鹏湾畔，是深圳东部黄金海岸的重要景点之一。
② 柚柑湾：深圳南澳柚柑湾度假村，位于南澳街道鹅公湾之油柑湾海边。
③ 沙鱼涌：沙鱼涌村是深圳市大鹏新区葵涌街道办土洋村属下的一个自然村，位于沙鱼涌河出口的南岸边上，出海口的南边是一个海滩。
④ 俊华园：大鹏俊华生态园，位于大鹏新区大鹏海湾，盐坝高速公路西侧。

钗头凤·南澳龙舟①

朝阳红，青山翠，
七娘峰下语萦回。
锣声攥，浪千堆。
凌波飞去，击水争魁。
追，追，追，

桨生风，舟似箭，
凭栏观眺热血沸。
龙昂首，凤摆尾。
众人翘望，月亮湾醉。
美，美，美！

---

① 2014年是大鹏新区南澳第14届国际龙舟节，它成为深圳"一区一节"
的靓丽品牌。

走在春天的大鹏①

蓝蓝的天上白云飘
高高的七娘杨梅俏
层层的高岭大雁飞
呦呦的鹿鸣林间绕
走在春天的大鹏哟
青春勃发志气豪

青青的所城旌旗摇
巍巍的寺庙钟鼓敲
婷婷的楼台海边立
弯弯的山路兴致高
走在春天的大鹏哟
脚下生风心欢笑

长长的绿道绕海岛
清清的海风迎面撩
朗朗的队伍画中行
美美的滋味乐陶陶
走在春天的大鹏哟
踏响了旋律《步步高》

---

① 大鹏新区在4月里联合《深圳晶报》组织市民走绿道健身活动，活动在依山傍海的杨梅坑、锣鼓山、官湖三条绿道举行。

非遗传奇

——2014南澳非遗展演有感

我曾生在那个世纪

盘古开天就长在那里

大地多么古老

野花烂漫芬芳遍地

高山流水蛮荒九嶷①

鸡犬相闻盎然生机

渔歌唱晚日落而息

后羿仓颉本是邻里

剪纸糖画儿时甜蜜

非遗啊非遗

世代传递　生生不息

演的是昨天　讲的是传奇

---

① 九嶷（yí）：山名，在湖南省，相传是舜安葬的地方。

我已走在这个世纪
中国梦迎来新天地
祖国多么年轻
青山碧水斗转星移
大鹏之恋满城美丽
端阳赛诗重阳登高
婚嫁山歌唱响天际
贝艺藤书镌刻吉祥
鱼灯草龙祈祷如意
非遗啊非遗
开拓创新　生生不息
看的是今天　展的是传奇

南澳赖洲岛①

南澳赖洲岛，
碧浪绕海礁。
白云一片远，
野芳千枝摇。

漫山风含情，
半坡手牵笑。
不思伊甸园，
疑是故园道。

① 赖洲岛：大鹏新区南澳办事处西涌境内的一个岛屿，又叫"赖氏洲情人岛"。

玫瑰海岸①之歌

哗哗哗——
海浪不停拍岸旁
卷出贝壳沙里镶

啪啪啪——
相机不停拍新娘
惹得心爱怀里藏

叭叭叭——
雨点不停拍脸庞
引来彩虹映霓裳

嘎嘎嘎——
海鸥不停拍翅膀
笑看甜蜜把歌唱

---

① 玫瑰海岸：位于深圳市大鹏新区大鹏湾畔，是深圳以及周边城市新人拍摄婚纱摄影的聚集地。这里面朝广阔无边的大海，有若隐若现的香港美丽山景，有绵延1500米质地细软的沙滩和洁净清澈的海水，沙滩生有万种风情的原生态树林；廊桥思梦、相思林、彩虹日出、同心锁、情之涯与海之角构成了一幅风景迷人、美丽动人的浪漫画作。

大鹏一人巷

——秋游较场尾民宿偶得

大鹏一人巷，
较场尾里藏。
秋送一陇叶，
春接千树香。
朝迎东山雨，
晚看水寨忙。
静静听波涛，
暗暗斗雅量。
南来北往客，
驻足祈兴旺。
老妪牵小妮，
悠悠岁月长。

七娘遗梦

桃源深藏七娘山，
春风满坡百里远。
拂去仙女思凡泪，
笑看人间胜蟠园。
自别西母瑶池宴，
摘荷采蜜挑沙蚬。
月下欢跳鱼灯舞①，
玉皇金牌岂能唤。

---

① 鱼灯舞：沿海一带的汉族舞蹈，起源于清朝乾隆年间，是渔民向神灵反映对海盗恶行的一种控诉，祈求天后保佑，是渔民逢年过节、拜神祭祖、喜庆丰收的必备节目。

大鹏之恋

蓝天　白云　丽人
悠悠风轻
长发　小脚　浅笑
沙扬岸听
翠山　碧水　古城
鹏湾流金
你心　我愿　她情
唤君留停

大鹏游记

青山绿水瞰海平，
林深叶茂莺啼鸣。
观音山上拂金风，
大鹏城中觅乡情。
山海相连天澄清，
新区和谐地生银。
桃花半岛敞开怀，
四海宾朋一家亲。

大鹏新赋

千古崇尚流芳，
乌托渴望城邦。
游子梦回故里，
新区洒满霞光。
若寻世外桃源，
何须天涯闯荡。
大鹏芳草萋萋，
正是鲲鹏家乡。

忆古城

所城云烟六百秋，
抗倭驱鬼铸将侯。
青砖块块垒铁壁，
灰瓦片片铺平畴。
一街一巷一门楼，
千家千户千军头。
前庭阅尽多少事，
小城古台忆风流。

满城皆为荷花狂

千亩荷塘欲新张，
片片荷叶迎风扬。
朵朵荷花漫天舞，
古城脚下溢荷香。
别样青山恋荷芳，
古寺梵音育荷长。
白云人家闻荷驻，
满城皆为荷花狂。

【注】位于大鹏所城北郊的大鹏百花园之荷花汇于2014年7月5日开张，是以记。

盘古第一花[①]

——观两亿年"深圳第一花"化石展有感

盘古开天第一花，
花枝招展灿如霞。
霞光穿越到新世，
世间有此更无它。

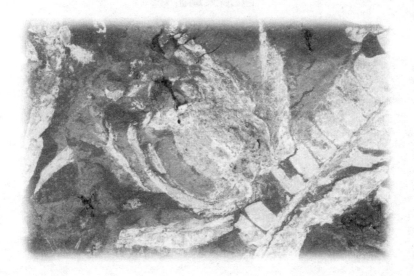

---

① 盘古第一花：也叫深圳第一花，是地球上已经灭绝的本内苏铁类植物的雌性花，形成于早侏罗纪大鹏新区，距今两亿年，于2006年在南澳街道办事处英管岭发现。深圳第一花拥有现代花朵外部结构，被国内外科学家一致鉴定为地球上最早的品相最完美的花朵化石。目前，在深圳大鹏新区南澳街道办事处水沙头社区清吧街，已建有深圳第一花遗址陈列馆。

山海大鹏随想

（一）

山海大鹏都是诗，
朝风晚雨寄情思。
白浪滔天助游兴，
海边民宿让人痴。

（二）

山海大鹏像首歌，
波涛林涛韵天得。
捕鱼小伙声声唱，
采蜜阿妹甜甜和。

（三）

山海大鹏万风情，
林深城古任君行。
信手摘来云一朵，
随脚踩进沙如金。

（四）

山海大鹏醇似酒，
醉人美景不胜收。
碧空碧海碧草香，
古城古寺古钟楼。

林中偶得

抬头蓝天俯首花，
满目青山绿无涯。
林间小径清风徐，
身旁细竹翠叶沙。
画眉压枝枝生情，
松鼠抱树树是家。
心思感念大鹏好，
日夜祈福只为她。

幸福南澳比蜜甜

——观南澳舞草龙①有感

左旋旋　右旋旋
香火高攀千百年

鞭响响　炮响响
疍家祈愿亘古绵

头摆摆　尾摆摆
龙马精神更无前

花红红　人红红
幸福南澳比蜜甜

---

① 舞草龙：每年春节年初二晚上的渔民祈福民俗，已被列为广东省非物质文化遗产。

半天云[①]小赋

南澳水库映彩霞，
半天云上有人家。
图腾端挂七娘山，
幸福叩门祝福她。

---

① 半天云：半天云村，属深圳市大鹏新区南澳街道办的一个自然村，
2006年11月28日在广东省旅游局主办的"寻找广东最美的乡村"活动中被评为
广东最美的自然生态村落之一。

咏半天云书画笔会

三沐春风五端阳，
杨梅鲜红漫立江。
振雄一呼群贤聚，
写山画水呈天祥。
婷婷长妹添茶香，
款款绍宇迎华堂。
大侠惊叹无限美，
半天云烟永青苍。

【注】此诗为藏名诗，诗中所题的春风、立江、振雄、天祥、长妹、绍宇、大侠及青苍皆为参加笔会的文友。

来吧，来南澳酒吧街

——参观南澳街道水头沙社区清吧文化街寄语

不必烦恼

不须惊怕

现在出发

来南澳酒吧街

任海风吹拂

任海浪扬花

就是在路边一站

也觉日子灿烂潇潇洒洒

不必告白

不须牵挂

现在出发

来南澳酒吧街

任晚风飘荡

任晚霞归家

就是在门口一站

也觉日子灿烂潇潇洒洒

不必放纵

不须挣扎

现在出发

来南澳酒吧街
任音符跳动
任音节拍打
就是在店里一站
也觉日子灿烂潇潇洒洒

来吧，来南澳酒吧街
听也罢，唱也罢
只要开心一杯
就觉日子灿烂潇潇洒洒

来吧，来南澳酒吧街
听也罢，唱也罢
只要开心一杯
就觉日子灿烂潇潇洒洒
只要开心一杯
就觉日子灿烂潇潇洒洒

东山寺

山门一开鹫峰下，
信众云来参古刹。
排牙耸立听梵音，
鹏湾拍浪聆禅话。
倭虫曾噬佛前葩，
罗汉岂惧小鬼吓。
天佑华夏福气盛，
美丽大鹏跨骏马。

观梧桐博雅馆有感

一湾清泉出梧桐，
两馆巍峨不与同。
国画国瓷国学举，
大文大美大望中。

七律·南澳非遗展

月亮湾前云起楼，
非遗展演话春秋。
风车剪纸皮影戏，
婚庆渔家彩绣球。
七妹鹅公牵玉手，
杨梅嫩姑① 记心头。
古城俊彦传奇颂，
南澳名花史上留。

---

① 嫩姑：南澳嫩姑山，在南澳街道水头沙社区内。

云　赋

云似白帆天上行，
观音七娘山如平。
溪涧芦苇频挥袖，
满目含情送丽影。
忽闻海风唤后生，
一叶渔舟踏歌声。
欣喜鹏城添新绿，
拜托祥云看乡亲。

南澳抒怀

蓝天 白云
绿色的山
清风 丽日
朗朗的天
绿色的山
荡漾在碧海上
朗朗的天
照耀在你我心间

渔火 夕照
斑斓的船
笛笙 欢歌
金色的脸
斑斓的船
辉映在晚霞中
金色的脸
绽放在你我心间

明月　东山
故乡的园
草龙　珍珠
古老的愿
故乡的园
沉静在睡梦里
古老的愿
流淌在你我心间

大海的呼唤

一捧浪花
一片沙滩
一簇人群
从远古悠悠走来
这个路途久远
是谁在轻声呼唤

温润的海风
追随翻卷的浪花
拍打黄金般的海岸
拍打你的我的家乡的
大鹏湾

这块古老的土地
这片神奇的海滩
怀揣的激情是沿途的风景
不变的节奏爬满青苔
一个向往引领
由质朴到现代的不断演变

这是岁月的痕迹
这是青春的记忆
从渔夫到军爷
从闭关到开放
从旅游到行走
一程程的岁月充盈 实现

是谁在海边呢喃
是这天地间的呼唤
是你我内心的呼唤

大鹏湾 浪连天
鱼虾肥 珍珠艳
行者歌 人流连

大鹏天下秀

大鹏天下秀，
山海情悠悠。
沧溟连鹫峰，
古寺傍古楼。
南北戏浪客，
两涌穿越走。
三峰抱两湾，
人在画中游。

大鹏天下秀，
岁月情悠悠。
行吟高山角，
李白夫何求。
又喜所城酒，
今日更风流。
引吭千余载，
明月杯中游。

南澳夜色

一尺海水一尺浪，
一层夜色一层光。
一湾清风一湾笑，
一缕炊烟一缕香。

较场尾之恋

清晨
收拾好心情
想起一个非去不可的地方
大鹏海边民宿　较场尾
大鹏所城南门外
这个曾叫水寨的地方

较场尾
我轻轻向你走来
又一次站在你的面前
感受你的宽广温柔
感受你恋人般的怀抱

漫步在较场尾半月形沙滩
海风习习
携着醉人的椰香
仿佛听到天之涯的海子
依然明朗　正吟唱着
面朝大海　春暖花开

一股温暖从云层落下
轻抚海面 轻抚我心
蓝蓝的天空点缀着斑斑白云
映衬在碧波之上
像朵朵盛开的白莲
惹人怜爱

在这柔软的沙滩上
一排排的浪花挟着清新
从远处赶来
轻吻礁石 轻吻贝壳
轻吻着戏海人的脚面
诉说着他们远古的故事
讲述今天的生活咸淡

堤上的树木葱茏
椰树更有婀娜的身型
都在眺望着簇拥着美丽着
这一湾丽水一分祥和
岸边的人群嬉闹
红蓝黄绿的衣袂飘飘
阳光下纯真的笑容
感染了春天般的较场尾

感召着海风海浪海滩齐齐
将凡尘往事抛开
齐齐为心灵的淤垢和满身的酸楚
疗伤

我是不想离开了
亲 较场尾
在多姿的日子里
有你才是最多彩的时光
半月形的较场尾啊
就让我多陪伴你一刻
在你的惬意中惬意着我的思绪
闭一闭湿润的眼睛
就这样一直沉醉在你的怀抱
不忍醒来
不愿离开

我骄傲，我是南澳渔民

我骄傲，我是南澳渔民

漂泊的渔船是我的家
那一年，我诞生在南澳岛的海上
海浪拍打着船舷
仿佛为我的到来鼓掌
屹立在船头的老爸
笑对船舱，喜泪流淌
从此，这个坚强的男人
便成了我一生的榜样

我骄傲，我是南澳渔民

如鸟飞海空，鱼跃波浪
大海啊，是我的摇篮
我的童年就在亲爱的小船里
伴着岁月的风云不断摇荡

在母亲的呼唤中
迎来海柴角①的第一缕阳光
我虎虎地看着爸妈开心地收网
在爸爸的鱼篓里
欢跳着希望
看着赶集的人群，熙熙攘攘
阿婆唱着渔歌带我赶海
难忘蹒跚学步时的跌跌撞撞
从此打鱼收网赶海踏浪
便成为孩提时迷人的故乡

我骄傲，我是南澳渔民

如禾苗抽穗嫩竹拔节小树成长
我在悦耳的上课铃声中
开始了人生最初的起航
是七娘山启迪我学会梦幻
是半天云叮嘱我淳朴善良
是东西涌教会我迷恋风光
杨梅坑的美丽传说
高岭村的山歌飞扬
天后宫的祈愿香火
还有那深圳第一花的绽放

---

①海柴角：地名，位于深圳大鹏半岛最东端，因2000年之时，成为深圳最早观看千禧晨光的地方而得名。

都成为匆匆那年青涩的模样
从船舱到学堂　从学堂到船舱
小伙伴们一路你追我赶
路旁笑弯腰的是我的大叔大娘

我骄傲，我是南澳渔民

如木棉期待绽放，大鹏向往翱翔
我渴望也能去拥抱海洋
梦想带着自己的船队
寻找幸福开花的地方
但大海并非都是乐园
也时有鲨鱼出没，暗礁设防
当我尝试着挑起生活的重担
日寇铁蹄践踏祖国大地
连我们的小岛也成了战场
父兄们纷纷投身抗战救亡
我也加入了苦斗的行列
将正义之火在心中点亮
烽火台下，鸡公笃①上，南蛇村里
一次次高擎手臂宣示信念和力量

我骄傲，我是南澳渔民

①鸡公笃：地名，位于深圳大鹏新区南澳办事处东山社区，是当年东江纵队兵工厂所在地。

如秋风扫落叶，惊雷战穹苍
我欢呼举国同仇敌忾
击败了军国主义和法西斯的疯狂
在日寇宣告投降的胜利日
我们与祖国一起挺直了脊梁
虽然反动派又点燃内战的烽火
但人民却迅速扭转了历史的走向
虽然新中国也出现迷路的雾霾
但还是迎来了划时代的改革开放
我们从第一扇敞开的中国之窗
更喜见大鹏新区正迎着彩霞飞翔
以山海秀丽闻名的南澳重镇
啊南澳，我可爱的家乡
又开始把新时代的美味尽情品尝

我骄傲，我是南澳渔民

回望历史的胜利，放眼未来的梦乡
我们欢喜的心情呵
如新居屋檐下的爆竹花
迎春怒放
人民路……月亮湾……海鲜街
一幅幅崭新画卷跃入南澳人的眼眶
品鲍鱼……尝海胆……嚼紫菜
一席席海之盛宴美透南澳人的心房
美丽大鹏的蓝图

追赶和平发展的中国梦
把南澳渔民世代的憧憬
正建设成现实的辉煌
呵，快舞起草龙，跳起鱼灯，划动龙舟吧
以祈福的香火告慰先辈的遗愿
以胜利的尊严重树后人的信仰
让和平鸽和永不凋零的橄榄枝
在南澳的丽日蓝天下定格成无限风光

我骄傲，我是南澳渔民
为了脚下的土地
为了和平与胜利的永恒
放声歌唱

后　记

　　这是我的第4本诗集。收入的150余首诗篇，都是我来深圳大鹏新区任职以后陆续创作的。一个喜欢诗歌的人，在南国这个充满诗情画意的好地方不可能不跃跃欲试，将自己的真切感受化为诗行。虽然我于2003年就加入了市级文学社团深圳新诗研究会，在以诗会友中寻觅诗的奥秘和真谛，但我一直认为自己在源远流长、博大精深的中国传统诗学面前，永远是一个学生。积累了数千年的汉语诗歌经典，是我一生一世都取之不尽的精神宝库。

　　我所从事的工作，与诗歌似乎没有什么必然的联系，但诗歌对诗人的身份并没有做出任何限制。只要你钟情于诗歌，在什么岗位和环境中都会感觉到诗歌因子在与自己的脉搏一起跳动，于是便有了写诗和吟诵的欲望。诗歌创作与丰富多彩的生活绝对是不可分的，我认定根深才能叶茂的哲理，提醒自己尽量在继承中华民族优秀文化传统的基础上、在现实生活的土壤里去寻求诗歌的创新和发展之路。而不仅仅为了个人情绪的宣泄，去颠覆传统、脱离生活、纯粹写诗。当然，诗歌界现在也有让诗歌远离政治的声音，而我的创作恰巧与政治这个大概念紧密呼应。用诗歌方式记录我的工作点滴，用诗歌语言将党的方针政策、国家的发展谋略传播到人民群众的心灵深处，这的确与政治有关。但这是引导全国人民不断走向繁荣富强、实现民族伟大复兴的政治，为什么要回避？古往今来，有多少影响深远的名家杰作里没有当时的政治背景？远的如李白蔑视封建权贵的诗，杜甫描写战争给人民带来深重苦难的诗，陆游临终还在渴望国家统一的诗；近的如艾青写国土沦丧呼唤全民团结抗战的诗等，都与政治休戚相关。表现时代风貌、传输时代精神，正是我们的文艺创作必须担当的使命，我哪怕是业余创作也觉得应有此担当，同时深感水平有限，恳请社会各界多多批评指正，多多帮助。习近平总书记的《在文艺座谈会上的讲话》和《中共中央关于繁荣发展社会主义文艺的意见》等重要文件里，明确了文艺工作的指导思想和方针原则，强调以中国精神为社会主义文艺的灵魂，号召唱响爱国主义主旋律。作为一名共产党员，一名基层工作者，我必须坚定不移地在实践中贯彻党的指示，沿着党指引的方向做好本职工作，也发挥我的个人志趣写好诗。

本书的编辑和出版，得到了市委宣传部、海天出版社、大鹏新区、南澳街道办事处等单位领导的重视和支持，并有幸得到著名诗人、作家、原人民文学出版社资深诗歌编审莫文征和中国作家协会会员、著名诗人、深圳新诗研究会会长冯永杰赐序，中国书画家协会副主席丁韶文先生为本书题写书名，也得到了深圳诗歌界名流刘虹、祁念曾、罗育灿等老师的倾心指导和帮助，在此一并表示由衷的谢忱。

白 凌

2016年2月